MAR DE MENTIRAS

MAR
DE
MENTIRAS

LETICIA
MARTÍN
HERNÁNDEZ

Título original: *Mar de mentiras*

Copyright © 2022 por Leticia Martín Hernández

Primera edición: marzo de 2022

Diseño de la portada: MiblArt
Correcciones: Raquel Ramos

ISBN: 978-84-09-38865-3

Sitio web: www.leticiamh.com
Facebook/Instagram: @leticiamhescritora

El único encanto del matrimonio
es que exige de ambas partes
practicar asiduamente el engaño.

OSCAR WILDE, *El retrato de Dorian Gray*, 1890

Los tortazos de mi madre siempre sabían a anís. Cuando terminábamos de cenar, mi madre mataba la sed con una copa de anís tras otra mientras veíamos el anuncio de televisión. El mismo anuncio cada noche. Me daba un tortazo un segundo antes de que acabara. ¿Cuántos tortazos me habrá dado? Quién sabe, pero tantos como veces vimos ese maldito anuncio.

Mecachis, el reproductor de vídeo vuelve a trabarse con un chasquido. Como suele hacerlo tres de cada cuatro veces, porque estos cacharros son cosa del diablo. Un día de estos no me va a quedar más remedio que limpiar los cabezales del aparato. Contengo el aliento mientras pulso la tecla para rebobinar la cinta e inicio de nuevo la grabación sin oír, por suerte, ningún chasquido. El suspiro que emito es de alivio. Cada situación precisa un tipo de suspiro diferente, sea de alivio, frustración, inconformismo o pesar. Me olvido de los suspiros, claro está, cuando comienza el anuncio. La única luz del cuarto proviene del televisor.

La primera escena muestra a una mujer rubísima que va a un supermercado para comprar chocolate a la taza. «Que sea de Chocoflor, ¿de acuerdo?, no quiero de ninguna otra marca», pide a un dependiente bigotudo, como si esperase que fueran a darle gato por liebre. Cambio de escena. «Mamá, más Chocoflor», ruega una niña con tirabuzones dorados después de dejar una taza sobre la mesa de la cocina, con el labio superior manchado de chocolate. Con una sonrisa indulgente, la mujer rubísima abre la alacena, pero no quedan más bolsas porque la niña adora esa marca de chocolate. Otro cambio de escena. La mujer rubísima ha regresado al supermercado para comprar más bolsas. Esta vez va acompañada de su hija. «Hola, bonita, ¿quieres una bolsa de Chocoflor?», pregunta a la niña el mismo dependiente bigotudo de antes. La niña mueve la cabeza de izquierda a derecha con tanto vigor que sus tirabuzones bailan delante de su rostro. «Quiero dos bolsas de

Chocoflor», dice al mismo tiempo que hace la señal de victoria con dos dedos.

Cada vez que veo el anuncio —que dura veinte segundos, ni uno más ni uno menos—, me acuerdo de mi madre; incluso pongo el cuello rígido, como si estuviera preparándome para recibir un tortazo.

La imagen con lluvia del televisor me ilumina la cara mientras rebobino de nuevo la cinta hasta el principio. Como antes, pulso la tecla para iniciar la grabación, pero el aparato vuelve a trabarse con un chasquido. Con otro chasquido, expulsa el videocasete.

Meto el videocasete dentro del reproductor. La grabación empieza sin ningún problema, así que suspiro de alivio una vez más. Los mejores suspiros, sin lugar a duda, son los de alivio.

Cuando la niña con tirabuzones dorados hace de nuevo la señal de victoria, pulso la tecla para detener el anuncio. Qué razón tienen los que afirman que es idéntica a Marisol. Me refiero a la actriz prodigio que hizo las delicias de los españoles hace veinte años. El mismo cabello rubio. El mismo rostro de ángel. Los mismos ojos azules. Casi da la impresión de que la niña del anuncio va a ponerse de pronto a cantar que la vida es una tómbola, tom-tom-tómbola.

Como mi caja de suspiros está vacía, escupo a la pantalla del televisor. El escupitajo resbala por el rostro de la niña igual que un gusano asqueroso.

1

OFELIA

Martes, 29 de abril de 1986, 10:30 a. m.

La presentadora del telediario de anoche informó del accidente de la central nuclear de Chernóbil. El accidente ocurrió hace dos días, pero las autoridades soviéticas no habían dicho nada hasta ahora. La presentadora dio paso a un mapa con amenazadoras ondas rojas que tenían como foco la ciudad ucraniana donde está ubicada la central nuclear. Mencionó una nube radiactiva que ha alcanzado a los países nórdicos, que continúa extendiéndose. Me pregunto cuán lejos podría viajar esa nube. Me pregunto si podría afectar a mi embarazo.

El barco está cada vez más cerca de la isla de La Graciosa. La travesía desde el norte de Lanzarote dura una media hora. Una media hora de vaivenes por culpa del viento salado que barre el río de mar que separa las dos islas, de poco más de mil metros por su parte más estrecha. He de reconocer que, hasta el pasado fin de semana, no había oído ni hablar de La Graciosa, la más pequeña de las ocho islas habitadas del archipiélago canario. Hasta eché un vistazo a un atlas. Me costó encontrarla, pero ahí estaba, a unos mil kilómetros al suroeste de Cádiz, cerquísima de la costa africana.

Me encasqueto mejor el sombrero de paja con el que me protejo del sol para que no salga volando. Odio el mar cuando está bravío. Odio el olor a gasoil del barco. Odio el mareo que me revuelve el estómago, que me recuerda las náuseas que sentí durante los primeros meses de embarazo. Cambio el peso de mi cuerpo de una pierna a otra. Unas diez semanas más, eso es lo que me queda para que nazcas, hijo mío. Unas diez semanas que ojalá pasen pronto. Hace tiempo que ni me miro al espejo porque no me reconozco. He ganado más de quince kilos. El médico dice que es debido a que retengo líquidos. Mis tetas son dos globos inflados que podrían explotar de un momento a otro, con unos pezones oscuros cada vez más grandes. Los dedos de las manos son como salchichas, tan gordos que la alianza está a punto de cortarme la circulación. Tengo los pies tan hinchados que todos los zapatos me aprietan. Me han dicho de mujeres que pueden ocultar su embarazo hasta casi el final, pero no es mi caso. Si piensas que mis quejas son ridículas, acuérdate de que el culpable de mi sobrepeso eres tú, hijo mío. Eres el fruto de mis entrañas, sí, pero un fruto podrido.

El viento que me golpea el rostro calma a medias mi estómago, aunque no las ganas que tengo de orinar. Menos mal que me he acostumbrado a aguantarme las ganas, porque si no, juro que haría pis aquí mismo. Qué cuadro: una mujer encinta con las bragas bajadas, orinando sobre la cubierta de un barco abarrotado hasta los topes con gracioseros que regresan a su isla. Los únicos turistas debemos de ser nosotros.

La travesía, por suerte, es corta. Cada vez distingo mejor

las casas blancas de Caleta de Sebo, que parecen estar a punto de ser devoradas por las dunas. Me gustaría preguntarle a alguien cuál es el origen de ese nombre tan curioso. La blancura de las casas contrasta con el marrón desértico del resto de la isla. O, más bien, islote, porque no debe de haber más de diez kilómetros de un extremo a otro. Un islote con poco más de quinientos habitantes. El lugar perfecto para huir del trajín de Madrid durante unos días, me aseguró tu padre cuando propuso esta escapada.

—Si estás preocupada por el embarazo, estaremos de vuelta antes de tu siguiente visita al ginecólogo —añadió para convencerme porque, a decir verdad, no me apetecía viajar, menos aún sin haberlo planificado de antemano. Los viajes relámpago siempre me producen estrés.

Giro la cabeza para buscar a tu padre entre los demás pasajeros. Está sentado junto a una mujer con una preciosa melena negra que ondea igual que si fuera una cortina de cuentas. Como es habitual, tu padre tiene una cámara colgada del cuello, pero que sepa, hasta ahora no ha hecho ninguna fotografía. Un fotógrafo que no usa su cámara no vale para mucho, ¿estás o no de acuerdo conmigo?

—Cariño, ¿por qué no me haces una foto? —sugiero al mismo tiempo que me saco las gafas de sol.

Él niega con la cabeza sin ni siquiera mirarme. Cuando nos conocimos, no paraba de fotografiarme. Me fotografiaba mientras dormía, mientras tomaba el café por las mañanas, mientras me vestía para salir. Me fotografiaba a todas horas, hasta que un día dejó de hacerlo. Es duro ser una musa repudiada.

Quien sí me observa con detenimiento es la mujer de la melena negra. Me observa con el ceño fruncido, como si me conociera de algo, aunque sin acordarse de qué. La expresión de la mujer, de repente, cambia a una de sorpresa, una señal de que me ha reconocido. Me oculto de nuevo tras las gafas de sol, pero es demasiado tarde porque viene hacia mí.

Maldita sea.

—Quiero dos bolsas de Chocoflor —dice la mujer nada más detenerse a mi lado, con la misma excitación que sentiría un niño frente al escaparate de una tienda de juguetes. Habla con el acento meloso propio de los canarios—. Me ha costado reconocerte, pero eres Ofelia Castro, la niña del anuncio, ¿verdad? Estarás cansada de oír que eres idéntica a Marisol. —La mujer saca un bolígrafo de su bolso. Tiene que rebuscar un poco más hasta que, por fin, encuentra un trozo de papel. Una factura de cualquiera sabe qué—. ¿Me firmas un autógrafo? Me haría una gran ilusión. Eres la primera persona famosa que conozco.

La niña del anuncio. Sí, hijo mío, siempre seré la niña del anuncio que es clavadita a Marisol gracias al milagro de un excelente tinte, porque el color natural de mi pelo es más cercano al castaño que al rubio. Los anuncios de Chocoflor estuvieron emitiéndose durante años. Cambiaban los actores que hacían de mi madre o del dependiente del supermercado, o bien aparecía un padre que regresaba a casa mientras estaba tomándome la taza de chocolate. Cuando me crecieron demasiado las tetas, me cambiaron a mí por otra niña aún más parecida a Marisol.

—¿Has visto mi última película? —pregunto, aunque sé que responderá que no. Habrá leído los reportajes que me han hecho las revistas del corazón, pero seguro que no conoce el título de la última película que hice. Quizás sea mejor así, porque fue un bodrio.

La mujer aprieta los labios sin saber qué contestar, pero a pesar de eso, me ofrece el trozo de papel con el bolígrafo.

Me giro para darle la espalda. Me da igual que piense que me comporto con arrogancia. Las revistas del corazón me pintan de esa manera, así que más me vale cumplir con las expectativas. Me consuela saber que pronto me pedirán autógrafos no por ser la niña del anuncio, sino porque habré alcanzado el estrellato. Quiero que me celebren por mi talento, por ser una actriz brillante.

Hijo mío, aprovechas para darme un par de patadas. Como si estuvieras enrabietado conmigo por haberme comportado con altanería. Me acaricio la barriga para intentar calmarte. Cuando me preguntan si prefiero que seas niño o niña, respondo que no me cabe duda de que vas a nacer con un pene entre las piernas. Los hombres de mi vida, después de todo, siempre han disfrutado maltratándome.

La mujer de la melena negra no sabe qué hacer ni con el trozo de papel ni con el bolígrafo. Quien viene para salvar los trastos es tu padre. Mira que es guapo. La única imperfección de su semblante es una cicatriz que hace que su ojo derecho parezca algo más pequeño que el izquierdo. Han dicho de nosotros que formamos la pareja perfecta, como si Brigitte Bardot hubiera aceptado a Alain Delon, aunque, desde luego, a un Alain Delon de ojos marrones. Siempre me comparan con otras actrices. Una copia de Marisol. Una copia de Brigitte Bardot.

—Mi esposa es tímida, pero estará encantada de firmarte un autógrafo —dice tu padre tras coger el bolígrafo para dármelo. Me envuelve con su sonrisa de un millón de pesetas, a pesar de que sé que también está harto de mis aires de estrella.

—¿Cuál es tu nombre? —pregunto a la mujer, aunque sin dejar de mirar a tu padre por el rabillo del ojo.

—Hilaria —me contesta ella.

Coloco el trozo de papel sobre la barandilla para garabatear el autógrafo. Es la factura de una tintorería, por si este detalle es de tu interés.

El viento me arrebata el trozo de papel, pero Hilaria alarga un brazo para atraparlo.

—Menos mal que he sido rápida o hubiera salido volando —exclama con una sonrisa.

Hilaria deja de sonreír cuando ve cómo me guardo el bolígrafo dentro de uno de los bolsillos de mi vestido. El bolígrafo es valioso, de color dorado; no es uno de esos desechables. Hilaria, que ha abierto la boca, vuelve a cerrarla porque es demasiado educada para decir nada.

—Si sufre molestias con el embarazo, venga a mi consultorio; estaré encantada de atenderla —dice por fin.

Hasta ahora me había tuteado, pero ha empezado a tratarme de usted.

—¿Eres médico? —pregunta tu padre con interés.

—El único médico de la isla —aclara ella—. Crearon la plaza el año pasado porque antes solo venía un médico dos días a la semana. Mientras el estado del mar fuera bueno, claro. Cuando el mar amanece revuelto, o con reboso, como dicen aquí, ni siquiera los pescadores salen a faenar. Mal asunto el reboso: la isla puede quedarse incomunicada durante días.

Es evidente que ha abanicado su título de médico delante de mis narices como represalia por haberle robado el bolígrafo. Hijo mío, si fueras el director de una película, ¿cuál crees que sería el mejor papel para ella? ¿Qué tal el papel de mujer celosa del éxito de otra mujer?

—Qué maleducado he sido, todavía no me he presentado; me llamo Salomón —oigo que dice tu padre.

Me alejo unos metros de ellos hasta que el motor del barco ahoga sus palabras.

Caleta de Sebo está tan cerca que puedo distinguir las calles de tierra, las puertas pintadas de azul, verde o marrón de las casas, las antenas de televisión que sobresalen de las azoteas como banderillas. Los barcos varados sobre la playa, sostenidos por escoras, recuerdan a animales disecados.

Un todoterreno sucio está aparcado cerca del muelle. Quizás sea uno de los pocos vehículos de la isla, porque es el único que veo.

El muelle es, con diferencia, el lugar más concurrido del pueblo. Unos pescadores de piel curtida están remendando sus redes mientras otros, sentados sobre piedras o ladrillos, limpian unos peces pequeños de color plateado. Creo que son arenques. Las gaviotas sobrevuelan a los pescadores, al acecho. Hijo mío, nunca habías oído el graznido de las gaviotas, ¿verdad? Madrid posee de todo, pero no gaviotas.

Meto la mano dentro del bolsillo donde guardé el bolígrafo de Hilaria. El bolígrafo pesa como si estuviera hecho de plomo, tanto que tengo la impresión de que va a agujerear el fondo del bolsillo.

Me arrepiento de haberme comportado mal con Hilaria. ¿Qué me hubiera costado firmarle sin más un autógrafo? «Claro que no me importa firmarte un autógrafo», tendría que haber dicho con mi propia sonrisa de un millón de pesetas. Con la misma sonrisa que me permitió vender bolsas de Chocoflor a tutiplén. Si hubiera sido amable con ella, tal vez podríamos haber charlado durante un rato, como harían dos amigas. Cuesta igual comportarse bien que mal, pero es mejor que sigamos siendo unas extrañas, porque si conociera mis pecados, si averiguara mi secreto, me daría la espalda de inmediato.

Hilaria ha vuelto a sentarse, pero tu padre continúa de pie junto a la barandilla. Con la cámara, apunta al muelle de Caleta de Sebo, al grupo de pescadores que remiendan sus redes, sin decidirse aún a pulsar el disparador. Cualquier otra persona es más digna de ser fotografiada que su esposa embarazada de treinta semanas.

Un bulto que flota cerca de la punta del muelle llama de pronto mi atención.

—Un ahogado —grito porque estoy convencida de que es una persona flotando bocabajo a merced de las olas.

Con un dedo, señalo el bulto, que parece vestir una camisa de color rojo. Unos pasajeros corren hacia la proa del barco para seguir la dirección de mi dedo. Hasta el patrón abandona el timón para averiguar cuál es el motivo del tumulto. Hijo mío, podría actuar como una heroína, lanzarme al agua para nadar hasta esa persona que está ahogándose. ¿Crees que salvar a una persona borraría mis pecados? Sin embargo, si salto, ¿quién me salvará a mí? Otra Ofelia, sin saber por qué decantarse, si por el amor que siente por Hamlet o por la obediencia que debe a su padre, murió ahogada tras saltar a un río.

El único que no ha perdido la calma es tu padre, que está observando el bulto a través del visor de la cámara.

—Es solo un tronco enredado con un retazo de tela —afirma antes de pulsar el disparador.

Es la primera fotografía que ha hecho desde que partimos de Madrid.

Me percato de que llevo un rato intentando hacer girar, sin éxito, la alianza de mi dedo. El anillo está tan apretado que necesitaría jabón para sacármelo.

Hijo mío, no tengo el coraje ni de saltar al agua ni de sacarme la alianza ni de devolver un bolígrafo robado.

2

OFELIA

Martes, 29 de abril de 1986, 11:00 a. m.

El todoterreno aparcado al lado del minúsculo muelle está esperando por nosotros.

El conductor abanica la mano para que nos acerquemos. Es un hombre joven a pesar del rostro curtido, con el pelo rizado. Una cicatriz que parece una mordida afea su mentón. Me resulta curioso que la ropa que lleva puesta no sea de su talla. La camiseta es demasiado ajustada. El pantalón corto es demasiado estrecho. Hasta las chanclas son del número equivocado, como si pertenecieran a alguien con el pie más pequeño.

El conductor abre el portalón trasero del vehículo para meter nuestras maletas, aunque antes observa mi rostro con detenimiento. Es evidente que está intentando acordarse de dónde me ha visto con anterioridad. Cada vez que alguien me reconoce, suelta la misma frase: «Quiero dos bolsas de Choco-flor». El conductor menea la cabeza. Un gesto de rendición que indica que aún no ha descubierto mi identidad.

—Esperen por mí unos minutos, que tengo que resolver un asunto antes de partir —nos dice.

Caleta de Sebo huele a pescado. Supongo que cuando la tierra es tan estéril que no puede cultivarse nada, no queda más remedio que sobrevivir con la pesca. Las gaviotas, siempre ruidosas, otean el muelle con ojillos malévolos. Unas mujeres con sombreros de pleita cargan unos cubos de agua. Unos hombres con los pantalones remangados arrastran una barca hasta la orilla del varadero.

Mi atención regresa de inmediato al conductor, que está hablando con la mujer que me pidió el autógrafo. Más bien, está discutiendo con ella, aunque no sé de qué porque solo puedo oír alguna que otra palabra suelta. Él grita. Ella grita aún más alto. Él agarra el brazo de la mujer. Ella consigue soltarse. Él intenta besarla. Ella gira la cara a un lado para evitar el beso. Él levanta una mano como si pretendiera abofetearla. Ella da un paso atrás. La larga melena negra de la mujer ondea con la furia de una bandera pirata sacudida por el viento.

Un actor con el que trabajé una vez me dijo que actuar equivale a hacer algo. El actor que no hace nada no está actuando. Es por este motivo por el que la acción física es la principal herramienta de un actor, por el que saber elegir la mejor acción para una escena concreta es una habilidad que está solo al alcance de los actores experimentados. Este actor que menciono, por si sientes curiosidad, hijo mío, hizo una vez de mi padre. El anuncio comenzaba con él recogiéndome del colegio, mientras la actriz que hacía de mi madre preparaba chocolate caliente para toda la familia. Con bolsas de Choco-flor, claro. Éramos la viva imagen de una familia perfecta. El padre que, a pesar de su trabajo como contable o vete a saber qué, espera todas las tardes a su hija a la salida del colegio. La madre que, da igual qué hora sea, siempre tiene la casa recogida. La hija, tan obediente, tan rubita, tan parecida a Marisol. Cuando acabó el rodaje, volví a mi imperfecta familia: un padre que vive a mi costa, una madre que murió sin pena ni gloria después de sufrir una angina de pecho, sin hermanos con los que pelearme.

¿Cuál es la mejor acción cuando uno es testigo de una discusión de enamorados?

—Si no hacemos algo, la situación podría agravarse —advierto porque aún me siento culpable por haber robado el bolígrafo.

—Conviene no inmiscuirse con los asuntos de parejas —dice tu padre mientras me indica que suba al todoterreno.

—¿Cuál es el momento más apropiado para inmiscuirse? —protesto—. ¿Cuando sea demasiado tarde?

Con un resoplido, tu padre sube al vehículo sin esperarme.

El conductor regresa con gesto contrariado. La mujer que me pidió el autógrafo avanza deprisa por la calle de tierra, con la pequeña maleta que ha bajado del barco golpeándole la pierna. Como nos da la espalda, no sé cuál es la expresión de su cara, aunque, por el temblor de sus hombros, creo que está sollozando.

—Es hora de irse —anuncia el conductor.

El asiento de detrás está repleto de aperos de pesca, así que no hemos tenido más remedio que acomodarnos delante, junto al conductor.

Caleta de Sebo, como comenté antes, huele a pescado, pero el olor es ubicuo. El conductor huele a pescado. El interior del todoterreno huele a pescado. Hasta los poros de mi piel han comenzado a exudar un apestoso olor a pescado.

—Seguro que su esposa no es tan caprichosa como mi novia —dice el conductor mientras arranca el vehículo. Las manos con las que sujeta el volante son callosas. Cuesta pensar que su novia disfrute con el tacto de esas manos igual de ásperas que una lija.

—Con los años he aprendido que todas las mujeres guapas son caprichosas —declara tu padre, como si sus palabras fueran una verdad absoluta.

El conductor suelta una risotada.

—Cuanto más guapas, más caprichosas —asiente.

Me separo unos centímetros de tu padre para pegarme a la puerta. Me gustaría saber si entre esas mujeres guapas estará incluida su primera esposa. Me imagino que sí, que era guapa.

Enseguida dejamos atrás las casas de Caleta de Sebo. La pista hacia el norte de la isla transcurre entre dunas. La única vegetación son unos arbustos raquíticos que apenas levantan unos palmos del suelo. Como si no quisieran crecer más para así evitar ser el saco de boxeo del viento. La irregular costa a nuestra derecha no es más que una larga playa de cantos rodados de color negro. Una hilera de volcanes extintos desfila a nuestra izquierda.

—Caleta de Sebo es un nombre curioso. ¿Cuál es su origen? —me acuerdo de preguntar.

—El nombre proviene de los sebos o sebas que arrastra el mar —explica el conductor.

—¿Qué son los sebos?

—Es como llaman por aquí a las algas marinas.

El todoterreno da tantos tumbos que el manillar de la puerta no deja de golpearme el costado. Quizás por culpa del meneo, me vuelven las ganas de hacer pis.

—¿Cuánto falta para llegar? —digo.

—El caserío de Pedro Barba está cerca, descuida —me asegura tu padre antes de señalar los aperos del asiento de detrás—. ¿Qué pesca? —pregunta al conductor.

—Medregales, sargos, meros, pero sobre todo, viejas. Las viejas, óigame, son igual de caprichosas que las mujeres guapas —dice el conductor tras soltar otra risotada—. La única carnada que comen es la cangrejilla. Estos pequeños cangrejos viven bajo las piedras del litoral. Es necesario voltear una a una las piedras hasta conseguir un puñado de cangrejillas que, después, deben cocinarse con su punto exacto de sal. Las viejas no pican si la carnada está sosa o demasiado salada. Como digo, son igual de caprichosas que las mujeres guapas, aunque un pez aún más caprichoso es la morena. ¿Quiere saber cómo me hice esta herida? —El hombre acaricia la cicatriz de su mentón con un dedo—. Una morena me mordió, pero a pesar de eso, la morena frita sigue siendo mi plato favorito.

El conductor toca el claxon para espantar a dos camellos que están cruzando la pista de tierra con parsimonia. Los camellos echan a correr con sus patas largas.

Me sobresalto cuando, de pronto, una piedra golpea el parabrisas.

Un hombre con un taparrabos lanza una nueva piedra contra el todoterreno. Con un taparrabos, has oído bien, hijo mío. Un hombre alto, huesudo, con unas greñas apelmazadas por el polvo, con la piel acartonada por el sol.

—Como nos tires otra piedra, verás cómo me bajo para molerte a palos —grita el conductor tras sacar la cabeza por fuera de la ventanilla.

—¿Quién es? —pregunta tu padre cuando el vehículo deja atrás al hombre con el taparrabos.

—El loco de la isla —contesta el conductor—; tal vez debería decir el más loco de la isla.

—¿Es peligroso?

—Solo si uno no puede esquivar sus piedras. Un día de estos, alguien va a tener que pararle los pies porque asusta a los turistas.

El caserío de Pedro Barba aparece por fin delante de nosotros. Unas veinte casitas blancas con tejados planos, con esquinas redondeadas, con ventanucos, construidas al abrigo de un espigón que parece demasiado frágil para aguantar el envite de las olas.

Una de esas casas pertenece a un amigo. Me refiero a un amigo de tu padre, por supuesto.

—¿Conoces a Mauricio, verdad? —dijo tu padre nada más proponerme que nos fuéramos unos días de vacaciones.

—¿Mauricio, el escritor?

Mauricio es escritor, sí, pero has de saber, hijo mío, que no he leído ninguna de sus novelas.

—Mauricio me ha dicho que nos presta su casa de veraneo —aclaró tu padre—. Este mismo lunes nos vamos. Compraré los billetes cuando abra la agencia de viajes.

Las casitas blancas están cada vez más cerca.

—El caserío de Pedro Barba fue el primer asentamiento de la isla, promovido por un empresario que, a finales del siglo pasado, planeó hacerse rico con una fábrica de salazón —cuenta tu padre—. El susodicho empresario, sin embargo, murió a destiempo. Cuando cerraron la fábrica, los empleados abandonaron el asentamiento para fundar Caleta de Sebo.

—¿El nombre del empresario era Pedro Barba? —digo.

—Creo que no. ¿Conoce su nombre? —pregunta tu padre al conductor.

—Silva Ferro, si no me equivoco; no sé quién sería ese tal Pedro Barba —responde el conductor mientras detiene el todoterreno delante de una de las casitas, con un jardín donde solo crecen cactus. Una bicicleta descansa contra una de las paredes encaladas—. El caserío estaba abandonado hasta que unos de por aquí decidieron reformarlo —añade tras apagar el motor—. Con excepción del período veraniego, las casas suelen estar vacías el resto del año. Si buscan tranquilidad, están de suerte porque sus únicos vecinos son una pareja de jubilados alemanes.

Con un resoplido, consigo salir del vehículo. Si me costó subir, imagínate el esfuerzo que conlleva bajarme de él.

Una mujerona con el pelo cardado me saluda desde el patio de la casa contigua, pero antes de que pueda devolver el saludo, me das una patada. Cada vez que consigo olvidarme de que existes, aunque sea solo durante unos segundos, me recuerdas de alguna manera que sigues dentro de mí. Con patadas, con vuelcos, con giros, incluso con hipos. Supongo que la mujerona estará pensando que su nueva vecina es una maleducada por no haberle devuelto el saludo.

El conductor saca nuestras maletas del todoterreno, así como una caja con comida. Café, huevos, unas barras de pan, unas latas de no sé de qué. Me pregunto si contendrá bolsas de Chocoflor.

—Me acercaré dentro de unos días para comprobar si necesitan algo —dice el conductor—. Si quieren ir a Caleta de Sebo, pueden usar esa bicicleta de ahí. O bien, ir a pie por el sendero que va por la orilla del mar. Si andan a buen ritmo, es una caminata de poco más de una hora. —El hombre chasquea la lengua después de mirarme de arriba abajo una última vez—. Claro, ¿cómo no caí antes? Quiero dos bolsas de

Chocoflor, ¿a que sí? Mi novia opina que usted es mucho más guapa que Marisol.

La sangre me hierve con solo oír esas palabras.

—¿Crees que eres más macho que nadie? —replico porque, además, no me he olvidado de su discusión con la mujer que me pidió el autógrafo. ¿Qué papel podría ofrecerle el director de una película a este hombre? Sin duda, el de villano sin dos dedos de frente.

El conductor me mira con extrañeza porque no sabe cuál es el motivo de mi improperio. Como siempre, reacciono tarde, demasiado tarde.

Cuando el todoterreno desaparece tras una nube de polvo, un sudor frío me recorre el cuerpo a pesar del calor. El paisaje de alrededor, con colores que van del azul turquesa del mar al gris ceniza de las rocas volcánicas, no me produce ningún consuelo. Hasta el acantilado rojizo al otro lado del estrecho, de más de quinientos metros de altura, parece más bien una prisión. Uno de los pasajeros del barco mencionó su nombre: risco de Famara.

Mi mirada regresa al patio de la casa contigua, pero no veo a la mujerona. El sonido de un televisor escapa por una de las ventanas. Una voz grave habla de la nube radiactiva provocada por el accidente de la central nuclear de Chernóbil e informa de que el gobierno soviético ha reconocido oficialmente los hechos.

Me olvido de mi desasosiego, incluso de las ganas de orinar, cuando tu padre, de pronto, me apunta con la cámara. Como una tonta, poso con los brazos a la cintura, con un pie delante del otro, con mi sonrisa de un millón de pesetas. Como una tonta, nunca mejor dicho, porque tu padre desplaza el objetivo hasta uno de los volcanes con laderas pardas. Cuando desaparezco por completo del encuadre, pulsa el disparador.

Si esta fuera la escena de una película, ¿qué acción sería la más apropiada dadas las circunstancias? ¿Gritar para comprobar si el risco devuelve mi eco? ¿Correr hasta Caleta de Sebo para coger el primer barco que salga del puerto? ¿Cruzar a nado el río de mar que nos separa de la isla de enfrente?

Cuando me decido, grito tan alto como puedo sin importarme cómo reaccionarán ni tu padre ni nuestros vecinos alemanes.

Como respuesta, el viento crea un torbellino de arena que me sacude el rostro.

3

OFELIA

Miércoles, 30 de abril de 1986, 4:00 p. m.

El baño me ha sentado bien, pese a que el agua del mar estaba fría como el demonio. Cuando entro por la puerta de nuestra casa, siento la tentación de volver a salir. Las paredes blancas del salón son esponjas que absorben la humedad del mar. El suelo de cemento, al igual que las paredes, también es blanco. Casi da la impresión de ser un útero blanquecino, con un mobiliario tan vulgar que no entiendo cómo tu padre ha podido pensar que era una buena idea venir a este lugar. Miro a mi alrededor, a las estanterías repletas de libros. «Mirad qué intelectual es nuestro propietario —parecen estar diciendo—, que prefiere leer a sentarse delante del televisor». Que no tengamos televisor es casi una bendición, de hecho. La figura de una virgen con el corazón atravesado por siete puñales me vigila desde una de las estanterías. Otra madre dolorosa. Cuando disponga de una oportunidad, esconderé esa figura dentro de un cajón para que sus ojos no me sigan cada vez que cruzo el cuarto. Me gustaría saber por qué Mauricio ha colocado una virgen al lado de sus libros. Que sepa, no es un hombre religioso.

—Cariño, ¿has visto mi *walkman*? —pregunto a tu padre, que acaba de entrar descalzo detrás de mí, con el bañador todavía mojado. Unos hilillos de agua resbalan por sus piernas hasta crear charcos a sus pies.

Me acuerdo de haber dejado el reproductor de música sobre la mesa del salón, pero solo encuentro los auriculares con forma de diadema, que están dentro de un cuenco.

—Esos cacharros no tienen patas. Cualquiera sabe qué has hecho con él —replica tu padre.

Es posible que tenga razón. Me han dicho que los despistes son habituales durante el embarazo, que no me preocupe si olvido el nombre de un conocido o si guardo el pan dentro de la lavadora. Si algo sé es que no metí el *walkman* dentro de la lavadora porque esta casa no tiene una. Me parece inconcebible que alguien pueda vivir sin lavadora. Mi único consuelo es que tu padre me ha prometido que la próxima semana vendrá una chica a hacer la colada. Cómo ha tenido tiempo de contratar a una asistenta, ni idea, pero me ha asegurado que es de confianza. Ojalá sea cierto, porque no pienso ponerme a lavar la ropa sucia a mano, menos aún con este barrigón.

Me das una patada, hijo mío. Quieres cerciorarte de que, aunque no recuerde dónde dejo las cosas, no me olvide de tu presencia. Como si el dolor de espalda o los calambres de las piernas no fueran recordatorios suficientes. Me cuesta conciliar el sueño porque me duele la espalda. Cuando por fin consigo dormirme, me despierto por culpa de los calambres. Con las nochecitas que me das, es imposible que me olvide de que existes.

—Cariño, ¿de veras que no has visto mi *walkman*? —pregunto de nuevo, pero tu padre sale al patio sin responderme. Las hamacas están a la sombra, así que arrastra una de ellas al sol.

Me acerco a la mesa del salón para sacar los auriculares del cuenco.

Con calma, desenredo el cable de los auriculares mientras observo a tu padre echado sobre la hamaca. Qué guapo es. Has de saber que hace bastantes semanas que no follamos. Hijo mío, follar es algo natural, así que no tienes por qué escandalizarte. Como la última vez que follamos dejaste de dar patadas durante varias horas, tu padre no ha vuelto a ponerme la mano encima. Quizás tenga miedo de hacerte daño, pese a que el ginecólogo nos aseguró que esos temores no eran más que tonterías. O, quizás, la idea de un trío no sea santo de su devoción, aunque el hecho de sentirme como una incubadora con patas, de saber que no me queda más remedio que compartir mi cuerpo contigo, tampoco es que alimente mi libido.

Me imagino rodeando el cuello de tu padre con el cable de los auriculares. ¿Qué motivos tendría alguien para querer estrangular a su pareja? ¿Odio, celos, dinero? Mientras sopeso la respuesta, me percato de que tu padre ha levantado la cabeza para mirarme, como si pudiera leerme los pensamientos.

Casi dejo caer los auriculares al suelo porque, de pronto, me siento culpable.

Me giro para encaminarme al dormitorio. Comienzo a creer que me falla la memoria, que tal vez dejé el *walkman* sobre la mesilla de noche o cualquier otro lugar. El aparato, sin embargo, no está ni sobre la mesilla ni dentro del armario ni enredado entre las sábanas, aunque sí encuentro uno de mis casetes debajo de las toallas limpias. Es el casete que estaba escuchando antes de ir a bañarme. «¿Cómo pudiste hacerme esto a mí?», cantaba Alaska cuando apagué el *walkman*.

Una voz de mujer con un inconfundible acento alemán me arranca de mi ensimismamiento.

Cuando regreso al salón, tu padre está charlando con nuestra vecina, que tiene unas carnes fofas que pueden entreverse a través del vestido ligero que lleva puesto. El pelo cardado acentúa su gordura.

—Me presento: mi nombre es Gertrud. Cómo nos alegra tener vecinos —dice la mujerona nada más verme—. Cenarán con nosotros mañana por la noche, ¿cierto? Mi marido está loco por conoceros.

La vecina da dos pasos hacia mí para tocarme la tripa, pero retrocedo de inmediato. Me molesta que la gente piense que está bien sobarle la barriga a una mujer embarazada. Hijo mío, ¿no crees que deberían pedirme permiso antes de tocarme? Hace unas semanas, mientras paseaba por la calle, una monja puso su mano sobre mi barriga para canturrear no sé qué plegaria. Me quedé petrificada hasta que la monja partió. Me dan ganas de colgarme un cartel del cuello para advertir de que está prohibido tocar.

—La gente dice que su esposa es igualita a Marisol, pero veo que no es así —afirma la vecina dirigiéndose a tu padre a pesar de estar mirándome a mí.

Como no añade nada más, no sé si es bueno o malo que, según ella, no me parezca a Marisol.

—Mi esposa es mucho más guapa que Marisol —me defiende tu padre.

—Claro que es mucho más guapa que Marisol —reconoce la mujerona, que interpretaría el papel de vecina metomentodo a las mil maravillas. Una vecina metomentodo con un secreto porque, hasta ahora, no he visto a su marido. Es posible que su marido sea un producto de su imaginación. ¿Qué será peor? ¿Un marido imaginario o un marido ausente?

—Siempre he pensado que quienes me comparan con Marisol carecen de ingenio —replico antes de escapar al patio, de huir del útero blanquecino que amenaza con asfixiarme. El sol es tan brillante que me obliga a cerrar los ojos.

Has de saber, hijo mío, que tu padre me dijo que nos veníamos de vacaciones a esta isla varias horas después de verlo discutir con alguien. Cuando el sábado por la tarde llegué a casa —un ático del centro de Madrid que, por si quieres saberlo, compramos a medias nada más casarnos—, encontré a tu padre enzarzado con un hombre rubio que no conocía. El hombre rubio había agarrado a tu padre por el cuello de la camisa, como si estuviera a punto de pegarle un puñetazo. Mira que tu padre es alto, pero parecía haber empequeñecido ante la cólera del otro hombre.

El hombre rubio soltó a tu padre nada más verme.

—Un día de estos conseguiré arrancarte la verdad —dijo antes de farfullar algo más que no comprendí del todo.

Cuando, de camino a la puerta, el hombre rubio pasó a mi lado, me miró como si quisiera aprenderse mi rostro de memoria.

Una vez solos, pregunté a tu padre quién era ese hombre, pero él contestó que no era nadie de importancia, un vendedor de enciclopedias del que había tenido que deshacerse de malas formas. Como si los vendedores de enciclopedias fueran por ahí dando puñetazos a sus posibles clientes. Unos minutos más tarde, tu padre llamó a Mauricio para preguntarle si podíamos usar su casa de veraneo. Un avión de Madrid a Lanzarote a primera hora del lunes. Una habitación de hotel con el aire acondicionado estropeado a pocos pasos de la bahía de Arrecife. Un taxi que nos llevó de Arrecife al puerto de Órzola el martes por la mañana. El barco que nos condujo desde el puerto de Órzola hasta la isla de La Graciosa.

La vecina alemana continúa charlando con tu padre, pero hago caso omiso de su conversación.

«¿Cómo pudiste hacerme esto a mí?», tarareo sin abrir los ojos. Me gustaría preguntarte esto mismo, hijo mío, porque si no existieras, estaría libre de pecado. Me acusarás con razón de ser cruel, pero es que, a veces, desearía no estar embarazada.

Qué rabia que no recuerde dónde puse el *walkman*. Si encontrase el maldito aparato, pondría el volumen a tope para acallar mis pensamientos. Mientras tanto, cúbrete las orejas con las manos. Un hijo nunca debería oír hablar de esta manera a su propia madre.

4

OFELIA

Jueves, 1 de mayo de 1986, 8:00 p. m.

El marido de nuestra vecina no es imaginario. Herman es un hombre tan corpulento como su mujer, con una vestimenta incompatible con su barriga cervecera: un polo ajustado, un pantalón de lino, unos mocasines con borlas. Es evidente que quiere impresionar a alguien. Me percato enseguida de que a quien quiere impresionar es a mí.

—Clemente nos trae los víveres desde Caleta de Sebo —cuenta Herman con un acento alemán más pronunciado que el de su mujer—. Conocéis a Clemente, ¿cierto?

—Claro que conocéis a Clemente, es quien os trajo el otro día desde el muelle; un chico trabajador —interrumpe Gertrud sin parar de tocarse el pelo cardado, como si quisiera asegurarse de que ningún cabello esté fuera de lugar.

Los dos alemanes nos conducen al salón, iluminado por un bombillo desnudo que cuelga del techo. El mobiliario es igual de tosco que el de nuestra casa, con excepción de un televisor de último modelo conectado a un reproductor de vídeo.

—Las mujeres embarazadas brillan con luz propia —dice Herman, pero el piropo no me hace ni pizca de gracia. Esa luz que menciona no es más que el sudor que me cubre el rostro. Con el embarazo, no paro de sudar.

La mesa está preparada para cinco comensales porque nuestros vecinos han invitado a otra persona, aparte de a nosotros.

—Querida, siéntate a mi lado, a menos que tu marido ponga reparos —me indica Herman, que no ha dejado de meter tripa desde que llegamos.

—Claro que su marido no pondrá reparos —interrumpe de nuevo Gertrud, que disfruta coreando cada una de las frases de su marido.

Me siento al lado del alemán. La silla de la cabecera está reservada para Gertrud, quizás por su cercanía a la cocina. Con esta distribución, el tercer invitado acaba sentándose delante de mí, junto a tu padre.

El tercer invitado es Hilaria, con un vestido floreado que hace juego con la camisa azul de tu padre. Qué poco me gusta ir a cenar a casa ajena con tu padre, sobre todo cuando uno de los comensales es una mujer guapa.

Hijo mío, supongo que recordarás a Hilaria, con su preciosa melena negra hasta la cintura. ¿Qué habrá hecho con mi autógrafo? He de reconocer que no me atrevo ni a mirarla a los ojos. Si hubiera sabido que nos iba a acompañar, habría traído el bolígrafo para devolvérselo. Un gesto de buena voluntad antes de pedirle perdón por habérselo robado.

—¿Cómo viniste? —pregunta tu padre a Hilaria—; no creo haber oído el ruido de ningún automóvil.

—Uso una bicicleta para moverme por la isla; es el vehículo más cómodo.

Hilaria lleva puesto un collar. El colgante es una hache cursiva adornada con cristales brillantes de color blanco.

—Me encanta tu collar —digo.

—Hache de Hilaria —explica la mujer mientras levanta el colgante para mostrármelo.

—La doctora Hilaria es maravillosa, una excelente profesional —añade Herman—. Gracias a sus cuidados, superé un resfriado de esos que tumban.

—Claro que es maravillosa —reitera Gertrud después de colocar una tabla de quesos sobre la mesa—; a mí me curó una picadura de medusa. Una medusa gigantesca me picó no hace mucho.

—Mi esposa es una exagerada; era una medusita de nada —replica Herman.

—Claro que era una medusa gigantesca —protesta Gertrud—. Cuando la doctora Hilaria me trató, dijo que nunca había visto una picadura tan tremenda.

Hilaria, sin embargo, no aclara si la medusa era pequeña o grande porque está charlando con tu padre. Cualquiera diría que están solos. Me dedico a observar su rostro ahora que está distraída. Ha intentado disimular un moratón con maquillaje, un cardenal bajo el ojo derecho que ha adquirido un color azuloso. Como el resto de los comensales, pretendo no verlo, me convenzo de que tropezó con una puerta o con una estantería, de que no existen hombres que pegan a las mujeres.

—Hasta hace poco solo había luz dos o tres horas al día —comenta Herman.

—La vida aquí es dura, pero dotada de un cierto romanticismo —dice Gertrud con un suspiro más propio de una jovencita—. Mi única frustración es que nos hemos quedado sin asistenta. Hace un par de semanas nos dijo que había decidido mudarse a otra isla. Hasta la fecha no hemos encontrado a una substituta.

—Mi marido ha contratado a una asistenta que, según me ha asegurado, es de confianza —apunto.

Gertrud suelta un grito de júbilo.

—¿Me podrías dar su nombre para ver si puede venir a limpiar nuestra casa? —pregunta a tu padre, que asiente con la cabeza.

El ruido del mar entra por las ventanas, serpentea por el suelo hasta colarse por la puerta de la cocina, de donde escapa un mareante olor a pescado.

Me llama la curiosidad una mesita con revistas del corazón. Entre las portadas con folclóricas sonrientes, futbolistas tostados por el sol e, incluso, artistas de circo acompañados por vedetes despampanantes, reconozco una foto que me hicieron a la salida de una de mis visitas al hospital, cuando mi tripa empezaba a notarse. «¿Quién es el padre?», reza el titular. Si la niña de Chocoflor estaba embarazada, era porque había follado con un hombre, pero los periodistas no descubrieron que me había casado con tu padre hasta más tarde. Habíamos celebrado una boda civil discreta con solo dos testigos.

—Mi esposa lee mucho —explica Herman.

—Claro que leo mucho —añade Gertrud—. Gracias a esas revistas, aprendí a hablar español.

Herman me agarra la muñeca derecha. El tacto de sus dedos es grasiento.

—¿Cuándo podremos ver tu próxima película? —dice.

Me trata igual que a una estrella de cine, a pesar de que solo he trabajado como actriz de reparto. Quizás el año que viene sí sea una estrella. «Es la película con la que alcanzarás el triunfo; solo tienes que asegurarte de recuperar la figura cuanto antes», dijo mi padre —el de verdad, no el padre ficticio de los anuncios publicitarios— después de que el productor nos confirmara que me habían elegido para el papel protagonista. Mi padre es, además, mi representante. El veinte por cierto de mis ganancias van a su bolsillo. Has de saber que fue él quien me llevó a mi primera audición con solo cinco añitos.

—He decido tomarme un descanso hasta dar a luz —contesto tras conseguir que Herman me suelte la muñeca.

—Con un bebé de camino, es buena idea tomarse un descanso —apunta Gertrud—. Muchos creían que el padre de tu hijo era ese torero con el que estabas saliendo. ¿Cuál es el nombre del torero, que no me acuerdo?

Me olvido de respirar hasta que siento unos golpecitos rítmicos distintos de las patadas que sueles darme. ¿Tienes hipo, hijo mío? Querrás saber que las revistas del corazón propusieron a varios posibles padres, entre ellos el torero que Gertrud acaba de mencionar, pese a que no es cierto que estuviese saliendo con él. La prensa rosa no ha parado de buscarme pareja desde que era adolescente.

—Has salido ganando porque tu marido es mucho más guapo que ese torero —continúa diciendo Gertrud—. ¿Cómo os conocisteis?

—Supongo que sabréis que mi marido es fotógrafo. Me enamoré de él durante una sesión fotográfica —consigo decir cuando me acuerdo de volver a respirar.

—Qué romántico —suspira Gertrud.

Miro de refilón a tu padre, que ha interrumpido su conversación con Hilaria. Quien contrató sus servicios para que me hiciera unas fotografías fue tu abuelo. «Si quieres conseguir buenos papeles, necesitas un porfolio profesional», me dijo antes de darme el nombre del fotógrafo. ¿Cómo podía prever tu abuelo que esas sesiones fotográficas conducirían a una boda relámpago? El próximo noviembre celebraremos nuestro primer aniversario.

Hilaria alarga un brazo hacia la tabla de quesos.

—¿Cuál es el nombre de esta otra actriz que dio a luz hace poco? Claudia no sé qué —dice.

—Claudia Martínez —aclara Gertrud—. Me muero por conocer quién es el padre de su hijo.

—Mira que tenía una carrera prometedora, pero por culpa del escándalo alrededor de su embarazo, ahora resulta que no solo es madre soltera, sino una paria con la que ningún director quiere trabajar.

Si las palabras de Hilaria fueran dagas, estaría desangrándome como consecuencia de los cortes. Es evidente que no me equivoqué, que el papel de mujer celosa del éxito de otra mujer es perfecto para ella.

—¿Cómo es que habéis elegido una isla tan remota para vuestras vacaciones? —pregunto a los alemanes porque no quiero seguir hablando ni de tu padre ni de actrices marcadas con la letra escarlata. Si antes me sentía culpable por robarle el bolígrafo, ahora me alegro de haberlo hecho.

—Más bien diría que esta isla nos eligió a nosotros —responde Herman mientras abre una botella de vino blanco—. Hace cinco años que pasamos aquí gran parte del año, dos aves migratorias más que escapan del frío alemán. Quién podía imaginarse que aún existiese un lugar como este. —El hombre acerca la botella a mi copa—. ¿Las mujeres embarazadas pueden beber vino?

—Un sorbo no me hará daño.

Herman llena mi copa hasta la mitad. Hijo mío, espero que no te incomode que beba un poco de vino.

—Un excelente vino lanzaroteño con sabor volcánico —dice nuestro anfitrión antes de llenar los vasos de los demás comensales.

Gertrud aprovecha para traer una bandeja de pescado.

—Claro que es un excelente vino; seguro que os gustará —añade porque siempre tiene que decir la última palabra. Con una sonrisa, me sirve un pescado frito escamado con unos cortes transversales—. Clemente pescó estas viejas hace unas horas.

El olor del pescado es tan intenso que me revuelve el estómago, pero me obligo a comer un bocado de la carne blanca.

—Cuidado con las espinas, que son traicioneras —avisa Herman.

Me dirijo a tu padre porque me he cansado de que Hilaria acapare todo su interés.

—Me gustaría saber de qué estáis hablando con tanta fascinación —digo.

Hilaria es quien contesta mientras empapa su vieja con salsa verde. «El mojo de los pobres, hecho con cilantro porque no conseguí pimientos verdes», comentó Gertrud hace un rato.

—Estamos hablando del accidente de la central nuclear de Chernóbil —explica Hilaria—. Si uno cree a los soviéticos, solo han perecido dos personas, pero los americanos afirman que no es verdad, que son miles las víctimas.

—Qué tragedia más grande —interrumpe Gertrud.

—Muchos países europeos están pidiendo a su gente que no consuma ciertos productos, incluso han recomendado que no dejen a los niños pequeños salir a la calle —continúa explicando Hilaria.

Me acaricio la tripa al oír el comentario de la mujer.

¿Crees, hijo mío, que la nube radiactiva olerá a algo? Quizás la nube nos haya alcanzado pero el salitre camufle el olor.

—Estamos tan lejos que no tenemos de qué preocuparnos —me consuela Herman.

Miro por una de las ventanas porque, a pesar de las palabras del alemán, tengo la sensación de que la brisa que entra posee una cualidad pegajosa, como si fuera alquitrán.

Un rostro, de pronto, emerge bajo una de las palmeras raquíticas del jardín. El rostro desaparece cuando vuelvo a mirar. Una ilusión creada, sin duda, por mis estúpidos miedos.

—Si no os importa, saldré un rato a fumarme un cigarrillo —dice tu padre mientras echa la silla hacia atrás para levantarse. Ha sacado una cajetilla del bolsillo de su camisa.

Hilaria cruza los cubiertos sobre su plato.

—¿Me invitas a un cigarrillo?

—¿Los médicos también fuman? —pregunta tu padre.

—Hasta los médicos tenemos vicios —responde Hilaria, que me mira con una sonrisa antes de seguir hablando—; no te importa que salga a fumar con tu marido, ¿verdad?

Sin esperar mi respuesta, Hilaria acompaña a tu padre hasta el jardín.

Casi no puedo tragar el último bocado de comida. Me digo que tu padre prefiere a las mujeres rubias, pero no es ningún consuelo.

—Como postre, tengo un frangollo buenísimo que me ha preparado la madre de Clemente. —Gertrud apila los platos sucios para llevarlos a la cocina—. ¿Has comido frangollo alguna vez? Es un postre canario hecho con harina de maíz.

—El dulce no me sienta bien —replico antes de levantarme también de la mesa para correr detrás de tu padre.

Hijo mío, aprovechas para moverte. ¿Estás acaso riéndote

de mí por actuar como una esposa celosa? Con tal de mantener mi secreto enterrado, puedo interpretar cualquier papel, sea de esposa afable, servicial o celosa.

La luna alumbra a los dos fumadores con una luz plateada más propia de una película de terror que de una placentera noche de primavera. Una vez estuvieron a punto de contratarme para una película de terror. Mi papel iba a ser el de víctima: una joven universitaria que muere decapitada con una motosierra. Optaron por otra actriz con unos pulmones más poderosos que los míos. Mi forma de gritar no convenció al director.

Hilaria enciende su cigarrillo antes de ofrecerle el mechero a tu padre. Casi da la impresión de que sus manos quedan unidas durante unos segundos, los dedos de ella entrelazados con los dedos de él, aunque quizás sea la luna que está jugando conmigo, que engendra un teatro de sombras para engañarme.

El mar golpea el espigón con brío. Cada embestida crea una peineta de agua espumosa de varios metros de altura. Las gotas saladas que me salpican el rostro parecen lágrimas. Hormonas o no, hace tiempo que no lloro, pero no es por falta de ganas. Cada día refuerzo el dique que contiene mis lágrimas porque, como escape aunque solo sea una, me pasaría todo el santo día llorando. ¿Quieres saber cuándo lloré por última vez? El día que me enteré de que estaba embarazada.

Cuando tu padre gira la cabeza a un lado para exhalar el humo del cigarrillo, me pilla espiándolos. Me siento igual que un carterista al que cazan antes de que pueda huir con su botín.

Hilaria, de repente, suelta un chillido.

—Me han tirado una piedra —exclama con consternación mientras me señala con un dedo acusador.

Hijo mío, dime: ¿qué motivos tendría para tirarle una piedra a otra mujer?

Hilaria da un paso atrás cuando una nueva piedra golpea su sien izquierda. Un hilo de sangre desciende por su rostro.

Menos mal que una risa maníaca proveniente del espigón me exculpa.

Un hombre con un taparrabos lanza una tercera piedra contra Hilaria antes de escapar corriendo.

5

OFELIA

Viernes, 2 de mayo de 1986, 3:55 a. m.

Hijo mío, tu padre tendrá muchos defectos, pero siempre actúa como un caballero, al menos de puertas para afuera.

Cuando nos comimos el frangollo —he de confesarte que el postre era demasiado empalagoso para mi gusto—, Hilaria dijo que era momento de regresar a Caleta de Sebo. La herida provocada por la pedrada había dejado de sangrar. Hilaria cubrió el corte con una tirita después de limpiarlo con alcohol, aunque nada pudo hacer con el moratón bajo el ojo derecho, más visible que antes. Continuamos pretendiendo no verlo, como habíamos hecho desde el comienzo de la cena.

—Quédate esta noche con nosotros —propuso Gertrud mientras servía unas copitas de vino dulce—; no me cuesta nada prepararte nuestra habitación de invitados.

—Gracias, de veras, pero prefiero regresar a casa por si surge alguna emergencia durante la noche —dijo Hilaria—; ser el único médico de la isla conlleva una gran responsabilidad.

—Con un loco suelto, deberías llamar a Clemente para que venga a buscarte —sugerí.

Hilaria negó con la cabeza.

—¿Con qué? Los teléfonos brillan por su ausencia. Hasta que dejen de considerarnos ciudadanos de tercera, el único teléfono de la isla es la cabina de Caleta de Sebo —explicó Hilaria—. Mi bicicleta tiene una luz potente. Como mucho, me llevará media hora hacer el recorrido de vuelta hasta el pueblo. Me conozco el camino de memoria.

—Es demasiado peligroso; sigo pensando que deberías esperar hasta mañana para regresar a Caleta de Sebo —esgrimió Gertrud.

—Me vendrá bien hacer algo de ejercicio antes de acostarme, así que acompañaré a Hilaria hasta Caleta de Sebo para asegurarme de que no corra ningún peligro —dijo tu padre después de beberse la copa de vino dulce—. Mientras mi mujer me dé permiso, por supuesto.

Como mencioné hace un rato, tu padre es un caballero.

—Una idea estupenda —exclamó Herman—. ¿Cómo no va a darte permiso tu mujer?

—Claro que va a darte permiso —añadió Gertrud porque no podía quedarse sin decir la última palabra.

Los dos alemanes me miraron con expectación.

—Mi marido no necesita mi permiso —dije, aunque hubiera preferido que no acompañara a otra mujer hasta su casa.

Los dos marcharon al poco rato, a eso de las once de la noche. Los faros de las bicicletas —tan viejas que gemían con cada pedalada— parecían dos luciérnagas. He oído, por cierto, que las luciérnagas hembra emiten destellos de luz para atraer a los machos. Mi mente divaga, así que no me hagas caso.

Me acosté con una sensación extraña, como si estuvieras empujando hacia abajo. Hijo mío, ¿por qué tienes tanta prisa por salir? La presión que ejercías sobre mi pelvis era tan intensa que no conseguía conciliar el sueño, aunque parte de la culpa fuese de las malditas luciérnagas. Me coloqué una almohada entre las piernas, pero continué dando tumbos durante un rato. Odio no poder acostarme bocabajo.

Creo que al final dormí unas horas porque tuve una pesadilla. Con una hoja de afeitar, me abrí la barriga de lado a lado para sacarte, hijo mío, para achucharte un rato.

El regreso de tu padre me despierta, justo después de coserme la abertura de la barriga con hilo de color rojo. El reloj de la mesilla de noche está a punto de marcar las cuatro de la mañana.

—Qué tarde es —musito.

—El bar del pueblo estaba abierto —aclara tu padre—. Unos vecinos me invitaron a unos vinos, pero no te preocupes, no bebí tanto como para emborracharme. Me crees, ¿verdad?

—¿Qué motivos tendría para no creerte?

—Si no me crees, puedes ir al bar a preguntar.

El viento golpea las ventanas con furia.

—El tiempo ha empeorado —digo para cambiar de tema. Creo a tu padre, ¿por qué habría de dudar de su palabra?

—El camarero comentó que viene una tormenta, que este fin de semana los pescadores no van a poder salir a faenar.

Los brazos de tu padre me rodean por detrás, me arropan igual que una manta.

—Hueles a vino barato —me quejo, pero no me aparto.

Hijo mío, tu padre es mi escudo; sin su protección, temo que salga a la luz el secreto que tanto me ha costado enterrar. Un escudo involuntario, eso sí, porque desde que nos conocimos no he hecho más que mentirle. Una vez intenté confesarle mi secreto, hacerle partícipe de mis pecados. «¿Qué piensas de los mentirosos?», pregunté para tantear el terreno. Me contestó que perdonaría antes a un asesino que a un mentiroso. Como si, para él, matar a una persona fuera menos grave que mentir. Con esta respuesta, no me quedó más remedio que tragarme la verdad. Como compensación por mentirle, decidí que debía esforzarme por quererlo más, pese que presiento que él, cada día, me quiere menos.

—¿Sabes dónde está Chernóbil? —digo sin que venga a cuento mientras tu padre me abraza con más fuerza, como si quisiera fundir su cuerpo con el mío.

—Solo sé que está lejos —responde tu padre.

—Quizás no esté suficientemente lejos.

Cuando abro de nuevo los ojos, son cerca de las nueve de la mañana. Una luz grisácea propia de los días tormentosos entra por las ventanas, pero suspiro de placer porque tu padre está durmiendo a mi lado, porque sus brazos continúan arropándome, porque las malditas luciérnagas no pueden competir con el sol, aunque sea un sol mustio.

El viento aúlla igual que un alma condenada al infierno. Con una sonrisa, me pego aún más al cálido cuerpo de tu padre. Mi sonrisa desaparece, sin embargo, cuando una de sus manos comienza a acariciarme el vientre. Es como si, de pronto, la temperatura hubiera descendido a diez grados bajo cero.

Golpeo su mano para que deje de acariciarme.

—¿Cómo es posible que el padre de la criatura no pueda tocarte la barriga? —gruñe tu padre antes de darme la espalda.

Cuando giro la cabeza para comprobar si está durmiendo o

no, descubro unos arañazos profundos que cruzan el lateral de su cuello.

—Esos arañazos son nuevos —digo, pero tu padre no me da ninguna explicación, sino que tira de la sábana para cubrirse hasta la barbilla.

6

OFELIA

Lunes, 5 de mayo de 1986, 11:30 a. m.

La tormenta sacudió la isla con tanta furia que parecía querer desancorarla del fondo marino. Con un viento huracanado que no dejó ni una piedra sin remover. Con un oleaje embravecido que arremetía contra la costa con la voracidad de un hombre hambriento ante un pedazo de pan. Un velo gris había caído sobre la isla hasta el punto de confundir el mar con el cielo. Como si estuviéramos dentro de un capullo de seda sucio.

Cuando me desperté esta mañana, la tormenta había amainado. El mar está sereno. Una brisa apacible arrulla la isla. Un sol radiante hace brillar la tierra igual que si estuviera compuesta de piedras preciosas.

—Es una pena que Madrid no tenga mar —dice tu padre desde la hamaca de al lado.

—Cariño, ¿me pones bronceador? —pido con los ojos cerrados porque me falta energía para abrirlos.

Un par de gandules, eso es lo que somos, un par de

gandules disfrutando de la calma que viene después de la tempestad.

—¿Qué tal un masaje para aliviarte el dolor de espalda? —sugiere tu padre, pero antes de que pueda aceptar su oferta, un todoterreno aparca delante de nuestra casa. Comprendo que esta calma solo ha sido pasajera, que está avecinándose una nueva tormenta. Me quedo, de momento, sin bronceador ni masaje.

—Buenos días —nos saluda uno de los dos guardias civiles que han bajado del vehículo. Un hombre barrigudo de mediana edad, con una cabeza tan grande que da la impresión de que ha robado a un niño la gorra montañera que lleva puesta.

El otro guardia civil es mucho más joven. Hasta su uniforme es de un verde más intenso que el de su compañero, como si estuviese estrenándolo.

—Buenos días —responde tu padre después de sentarse a horcajadas sobre la hamaca.

—Me gustaría hacerles unas preguntas —dice el guardia civil barrigudo, que es quien lleva la voz cantante. Cuestión de veteranía, supongo.

—Claro, adelante —indica tu padre.

El guardia civil barrigudo abre la cancela del patio mientras su compañero permanece cerca del vehículo, igual de tieso que una vara. Me recuerda a los Clicks de Famobil, esos muñequitos rígidos sin codos ni rodillas. Cuando crezcas, hijo mío, ¿vas a jugar con ellos? Me arrepiento de no tener un pareo o una camisola a mano. El bañador de lunares que llevo puesto no es la vestimenta más adecuada para recibir a invitados, menos aún con las estrías que me han salido por culpa del embarazo. Como si un gato me hubiera arañado los muslos hasta dejarme unas feas cicatrices rojizas.

—¿Qué nos quiere preguntar? —dice tu padre porque el guardia civil no parece tener prisa por hacer su trabajo. Con parsimonia, pasea la mirada por el patio, por el jardín, hasta localizar unos huesos gigantescos colocados sobre una piedra con una clara intención artística.

—¿Son huesos de ballena?

—Según tengo entendido, son las costillas de un cachalote que quedó varado cerca de aquí hace unos años —explica tu padre.

El guardia civil menea la cabeza de arriba abajo, impresionado. Unos chorros de sudor resbalan por su rostro regordete hasta humedecer su camisa.

—Son las costillas más grandes que he visto nunca.

—¿Cómo es que una isla tan pequeña cuenta con un cuartelillo?

Es evidente que tu padre no quiere seguir charlando acerca de ballenas ni otras nimiedades.

—Qué va, hace años que los gracioseros exigen que los políticos convoquen una plaza de policía para la isla, pero de momento han de conformarse con nosotros —contesta el guardia civil—. Cuando ocurre algo, nos mandan llamar. Con el mal tiempo, no hemos podido venir hasta esta mañana.

—¿Quiere decir que ha ocurrido algo?

—Estamos investigando una desaparición.

—¿Una desaparición? —repito.

El guardia civil saca un pañuelo del bolsillo de su camisa para secarse el sudor del rostro.

—Con este calor, me sudan hasta las pestañas.

—¿Quiere un vaso de agua? —ofrezco.

—Mientras no sea una molestia para usted.

Me levanto de la hamaca para ir a la cocina.

El guardia civil me da las gracias cuando regreso al patio con un vaso de agua bien fría. Hace unas horas metí una jarra dentro de la nevera. He aprovechado, además, para cubrirme con un pareo.

—Un chocolate caliente no sería apropiado con este bochorno —dice mientras me guiña un ojo—. Mi mujer no va a creerme, oiga, cuando sepa que he conocido a la mismísima Ofelia Castro. Quiero dos bolsas de Chocoflor, ¿cierto?

—¿Cuáles son esas preguntas que nos quiere hacer? —insiste tu padre.

El guardia civil apura el vaso de agua antes de hablar de nuevo.

—Según nos consta, conocen a Hilaria Hernández.

—Cenamos con ella el viernes por la noche —digo—; nuestros vecinos nos invitaron a cenar a su casa para darnos la bienvenida. Hilaria era la única otra invitada.

—La doctora Hilaria ha desaparecido —nos informa el guardia civil con sequedad.

—¿Hilaria está desaparecida? —exclamo.

—Una vecina de Caleta de Sebo afirma haberla visto el viernes, alrededor de las tres de la mañana, pero nadie sabe su paradero desde entonces. Con la tormenta, además, es imposible que pudiera abandonar la isla durante el fin de semana. Me temo que su desaparición no augura nada bueno.

—¿Cree que está muerta?

—Ojalá esté viva, pero esta isla tan chica no ofrece muchos lugares donde esconderse —dice el guardia civil—. Hemos buscado por todas partes sin encontrar ningún rastro de ella.

El guardia civil extiende el brazo para darme el vaso vacío. Me apresuro a cogerlo.

—El viernes por la noche, después de cenar, acompañé a Hilaria a su casa; regresé a eso de las dos de la mañana —cuenta tu padre sin que su voz indique ninguna vacilación.

Casi dejo caer el vaso al suelo porque sé que tu padre no volvió hasta mucho más tarde, hasta las cuatro de la mañana. ¿Está mintiendo aposta o no recuerda a qué hora regresó? Me obligo a bajar la cabeza para ocultar el desconcierto que me ha provocado sus palabras.

—¿Está seguro de que volvió a esa hora? —pregunta el guardia civil.

—Miré el reloj de la mesilla de noche cuando me acosté —dice tu padre—; faltaban unos minutos para las dos.

—¿Cuándo vio a la doctora Hilaria por última vez?

—Me despedí de ella poco antes de medianoche, frente al portal de su consultorio.

—El consultorio está al lado de la casa del médico. ¿Qué hizo hasta las dos de la mañana?

—Como el bar aún no estaba cerrado, entré a beber unos vinos. Estuve charlando con un hombre que me contó que había venido a trabajar a la isla porque hacen falta obreros de la construcción.

—¿El nombre de ese obrero con quien habló es Marcial?

—Marcial, eso es. Me dijo que si no fuera porque tenía cinco hijos que alimentar, nunca habría venido a un lugar tan remoto.

El guardia civil pondera durante unos segundos la información que tu padre acaba de darle. Como si hubiera alcanzado una conclusión, engancha los pulgares del cinto antes de dirigirse a mí.

—¿Es cierto que su marido regresó a las dos de la mañana?

Me quedo con la boca abierta un rato, sin poder emitir ningún sonido. Un dolor recorre de pronto mi espalda, desde los glúteos hasta la nuca.

—Es cierto, regresó unos minutos antes de las dos de la mañana. Me acuerdo porque estaba despierta. Con el embarazo, no suelo dormir bien —consigo decir, como si estuviera recitando el diálogo de un guion memorizado hasta la saciedad.

El guardia civil me está mirando con tanta atención que pienso que ha detectado mi mentira. ¿Qué más da una mentira más o menos? Son tantas las mentiras que he contado que una más no debería ni hacerme temblar el pulso.

—Mi mujer no va a creerse que he hablado con usted. —El guardia civil, con una sonrisa tímida, saca una libreta pequeña del mismo bolsillo donde guardó el pañuelo—. ¿Me podría firmar un autógrafo?

Mientras firmo el autógrafo, el guardia civil señala el cuello de tu padre.

—¿Una pelea con su mujer? —bromea—. Cúrese esos arañazos o podrían infectarse.

Los dos guardias civiles parten por fin para encaminarse a la casa de nuestros vecinos. Quiero preguntarle a tu padre dónde estuvo hasta las cuatro de la mañana, pero no me atrevo. ¿Será consciente de que sé que ha mentido?

—Siéntate a mi lado para que pueda ponerte el bronceador —dice tu padre.

Me quito el pareo que me puse hace un rato.

Un olor a zanahoria me envuelve cuando tu padre esparce el bronceador por mi espalda. Con manos pringosas por el líquido naranja, empieza a darme el masaje que me prometió antes de la visita de los guardias civiles.

—Me haces daño —me quejo porque sus dedos ejercen demasiada fuerza, igual que si estuviera amasando pan.

Una de sus manos escala por mi columna hasta apretarme el cuello. Como un animal asustado, me quedo quieta pese al dolor, hasta que la mano me suelta.

—Quizás no sea el marido más romántico, pero quiero que sepas que eres el amor de mi vida —musita tu padre mientras besa la piel aceitosa de mi espalda.

¿Te acuerdas del vendedor de enciclopedias con el que tu padre discutió antes de venirnos a esta isla? «¿Cuánto tiempo va a pasar hasta que mates a otra mujer?», farfulló el vendedor cuando estaba a punto de marcharse. Hasta ahora no había dado ninguna importancia a esas palabras. Hijo mío, son boberías, haz como si no me hubieras oído.

7

SALOMÓN

Hijo mío, tu madre me mintió. ¿Qué otras mentiras me ha contado?, pues no sé, pero empiezo a estar hasta los cojones porque tu accidente no fue debido a la ineptitud de la niñera, como tu madre quiso hacerme creer.

Es verdad que, desde el parto, duerme poco, que llora cada dos por tres, que siempre está cansada, de mal humor. Cuando me despierto por las noches porque tengo ganas de mear, suelo encontrarla al lado de tu cuna. Me dijo que es para contar tus inspiraciones, que ha oído que, a veces, ocurre que los bebés dejan de respirar mientras duermen. Contraté a una niñera porque no quiere ni bañarte. Creo que tiene miedo de ahogarte o de escaldarte si el agua está demasiado caliente. Con respecto a darte el pecho, mejor ni hablo. Cuando probó a darte de mamar después del parto, su cuerpo temblaba tanto que no atinabas a prensar su pezón. Había que ver cómo llorabas. Hasta vino una enfermera a la habitación, preocupada por tus berridos. Esa misma enfermera recomendó a tu madre que pellizcara su pezón con dos dedos antes de ofrecértelo de nuevo, pero sin éxito. Hemos tenido que recurrir al biberón.

El mismo día que salimos del hospital, tu madre me susurró al oído que estaba convencida de que no eras nuestro hijo, de que los médicos nos habían dado el cambiazo. «Mira su cara —dijo con una convicción escalofriante—, no guarda ningún parecido ni contigo ni conmigo».

La niñera ha criado a cuatro hijos. Un mérito que, a mi juicio, vale más que cualquier título. Un buen amigo me dio su nombre, me aseguró que no podía contratar a una mejor niñera, que había cuidado de su propio hijo hasta que empezó el preescolar. Las manos de esta mujer de casi sesenta años cambian pañales, preparan biberones, comprueban que el agua del baño esté a la temperatura adecuada. Cuesta imaginar que esas manos experimentadas sean tan torpes como para dejarte caer al suelo.

—Esta mujer ha estado a punto de matar a nuestro hijo —aulló tu madre, que estaba apretándote con tanta fuerza contra su pecho que temí que no pudieras respirar.

—¿Qué motivo tendría para matar a alguien, menos aún a un bebé? —sollozó la niñera.

—¿Me está llamando mentirosa? —protestó tu madre con la blusa manchada de sangre. Hijo mío, era sangre que manaba sin parar de tu nariz igual que de un grifo abierto.

La niñera dio un paso hacia mí.

—Créame, nunca haría daño al niño —musitó—. Estaba preparando el biberón, pero el bebé comenzó a llorar, así que me apresuré a ir al cuarto. Cuando entré, su esposa estaba limpiándole la carita porque estaba cubierta de sangre.

—¿Está insinuando que haría daño a mi propio hijo? Quiero que salga de mi casa cuanto antes —amenazó tu madre.

La niñera miró tu cara enrojecida por el llanto sin dejar de morderse el labio inferior, como si dudara entre irse o no. Extendió los brazos, quizás con la intención de liberarte del seno de tu madre, pero acabó por bajarlos.

—Márchese, he dicho —vociferó tu madre.

Me acerqué a la niñera para colocar una mano tranquilizadora sobre su hombro.

—Gracias por cuidar de mi hijo, pero será mejor que no vuelva. Me encargaré de hacerle llegar el sueldo de este mes.

—Me cree, ¿verdad?

Miré a tu madre por el rabillo del ojo sin decir nada porque no sabía a quién creer.

—Cariño —dije nada más irse la niñera—, puedes contarme qué ocurrió, no tienes por qué culpar a otra persona.

—¿Me estás también llamando mentirosa?

Las paredes de nuestra casa están llenas de mis fotografías. Muchas son fotografías que he ido sacándote desde que naciste. Creces tan rápido que, con cada nueva fotografía, me maravillo de cuánto has cambiado. Quien también ha cambiado es tu madre. Ha cambiado tanto que apenas consigo reconocerla. Has de saber que adoraba estar embarazada, pese a que no paraba de decir tonterías. «Me pongo nerviosa cuando pienso que pronto nacerá». «¿Cómo puedes estar tan seguro de que seré una buena madre?». «¿Qué ocurrirá si, cuando nuestro hijo llore, solo quiero echar a correr?». Como digo, adoraba estar embarazada, pero creo que ser madre no va con ella. Cada día es una incertidumbre porque nunca sé con qué humor amanecerá, si alegre o triste, si sosegada o ansiosa, si tranquila o iracunda.

Cuando conocí a tu madre, no me cansaba de fotografiarla. Me encanta fotografiar a mujeres hermosas. Me entenderás cuando crezcas, no me cabe duda. ¿Quieres saber el secreto de mis retratos? Conseguir que ellas también crean que son hermosas, aparte de otras cuestiones técnicas que me encantará enseñarte, por ejemplo, cómo elegir el objetivo más apropiado o la mejor iluminación. Si ahora no me apetece fotografiar a tu madre es porque no es tan hermosa como antes. Qué mala fortuna he tenido con las mujeres de mi vida. Mi primera esposa fue una adicta. Cuando me casé por segunda vez, creí que había ganado el premio gordo porque mi nueva esposa era una actriz famosa, pero acabó siendo una tragedia. Me quedé una vez más sin mujer. Me quedé sin el hijo que esperábamos. Estabas destinado a no tener un hermano mayor. Me dije que mi suerte cambiaría. Qué suerte ni qué narices. Como ves, no me ha ido mejor con tu madre. Contéstame a una pregunta: ¿por qué las mujeres nunca aceptan que su papel de musas no es eterno? Una mujer hermosa es como un ramo de flores, que acaba por marchitarse.

Musa o no, hijo mío, tengo miedo de dejarte a solas con tu madre.

8

OFELIA

Martes, 6 de mayo de 1986, 10:00 a. m.

Me quedo de piedra cuando salgo al patio de atrás, donde está la pila para lavar la ropa. La mujer que ha venido a hacer las tareas domésticas está escuchando música. Con mi *walkman*, porque no me cabe duda de que es el mío, con la carcasa de color azul.

La mujer está tendiendo unas sábanas. Es de más o menos mi edad, con un pelo rubio natural, oscuro, sin oxigenar.

—Ese *walkman* es mío —digo, pero la mujer, que me está dando la espalda, no da la impresión de haberme oído. «¿Cómo pudiste hacerme esto a mí?», canta mientras sujeta una sábana bajera con unas trabas de madera.

Me acerco más a ella.

—Ese *walkman* es mío —digo de nuevo, esta vez más alto.

La mujer, sorprendida, deja caer una traba al suelo. Cuando gira la cabeza, no puedo más que apreciar su cara de muñeca. Como eres varón, hijo mío, sé que solo querrás jugar con cochecitos, pero créeme, su rostro es idéntico al de mi muñeca preferida cuando era cría. Con unas cejas rubias perfectamente arqueadas, con unos ojos ovalados, con una nariz chata, con una boca pequeña. La muñeca fue un regalo de tu abuelo. Mi única compañera de juegos cada vez que rodaba un anuncio, con un vestuario mucho más amplio que el mío. Unos meses después, tu abuelo tiró la muñeca a la basura porque, según él, me distraía demasiado jugando con ella.

—Qué susto me has dado —reacciona la mujer nada más apagar el reproductor de música—; disculpa, ¿dijiste algo?

—Me gustaría saber qué haces con mi *walkman*.

Me comporto con pedantería, pese a que querría achucharla igual que hacía con mi muñeca.

La mujer deja caer los auriculares hacia atrás para colgárselos del cuello. Me mira con los ojos entrecerrados por culpa del sol.

—Me aburro cuando trabajo sin música. Como el *walkman* estaba entre la ropa sucia, supuse que podría usarlo sin más —confiesa.

—¿Estaba entre la ropa sucia? —replico con el tono cortante de quien interroga a un ladrón. ¿Qué hacía el aparato entre la ropa sucia? Mira si al final va a ser verdad que las embarazadas tenemos cerebro de mosquito.

—¿Qué es peor que encontrarse un gusano cuando uno muerde una manzana? —suelta de pronto la mujer sin venir a cuento—. Encontrarse medio gusano.

Como un pasmarote, así me quedo hasta que me echo a reír, pese a que el chiste es malísimo. Hacía tiempo que no reía. Hacía tiempo que no dejaba de sentir el peso del mundo sobre mis hombros. O, más bien, debería decir el peso de tu existencia, hijo mío, que me aplasta tanto que, a veces, no consigo ni respirar.

—Es el chiste más malo que he oído nunca —digo cuando paro de reír.

Quizás no quieres que ría, hijo mío, porque, de repente, siento un dolor punzante.

La mujer, que debe de haberse percatado de mi indisposición, me sujeta por la cintura para encaminar mis pasos hacia un banco.

—Será mejor que nos sentemos un rato —propone.

—Sentarme me vendrá bien —murmuro mientras me dejo caer sobre el banco.

Cierro los ojos a la espera de que el dolor amaine. El sol me barre el rostro con delicadeza, como si fuera un pañuelo de seda.

—¿Has estado embarazada alguna vez? —pregunto con una voz aún débil.

La mujer, sentada a mi lado, me acaricia el dorso de la mano derecha para tranquilizarme.

—Me temo que no he tenido esa suerte.

—¿Suerte? —río, aunque esta vez sin ganas—. Estar embarazada no es ninguna suerte.

—Si sigues sintiéndote mal, deberías ir al médico.

—El único médico de la isla ha desaparecido —digo con los ojos aún cerrados—. Cené con Hilaria esa misma noche. Es increíble que, después de cuatro días, nadie sepa de ella. Ojalá esté bien.

—Creo que el culpable es su novio —afirma la mujer, que continúa acariciándome el dorso de la mano. ¿Cómo es posible que sus dedos sean más delicados que el sol que me calienta la cara?

—Clemente, ¿verdad?

El rostro de Hilaria baila delante de mí, con el moratón bajo el ojo disimulado con maquillaje. Una vez interpreté el papel de mujer maltratada. Un papel pequeño, con pocas escenas. Me maquillaron para dar la impresión de que me habían dado una paliza. Me hubiera gustado seguir haciendo ese tipo de papeles complejos, pero tu abuelo no pensaba igual.

—Son una pareja extraña; andan a la gresca todo el santo día.

Claro que Clemente es el principal sospechoso. ¿Quién suele ser el culpable? El novio o el marido, hijo mío, es de cajón. Quiero creer con todas mis fuerzas que tu padre no tiene nada que ver con la desaparición de Hilaria, que mintió al guardia civil por otro motivo.

—Clemente me dio mala espina desde el principio —digo tras abrir los ojos.

El viento golpea la sábana bajera que la mujer acaba de colgar hasta enrollarla sobre sí misma.

—¿Estás mejor?

—Mucho mejor —respondo.

—Me llamo Dalila, por cierto.

—Dalila es un nombre peculiar.

—Mi madre fue una mujer peculiar, incluso para elegir el nombre de su hija. Conoces la historia de Dalila, ¿a que sí? Dalila fue quien sedujo a Sansón para descubrir el secreto de su gran fuerza. ¿Quién iba a suponer que el origen de la fuerza de Sansón era su pelo?

—Que la fuerza de uno dependa de tener o no pelo es un defecto de fábrica —razono.

El viento continúa ensañándose con la sábana bajera.

—Conozco tu nombre —dice Dalila sin dejar de acariciarme el dorso de la mano. Uno de sus dedos juega durante unos segundos con mi alianza, que aún no me he quitado pese a que cada vez me aprieta más.

El contacto de su piel con la mía me resulta de pronto tan incómodo que aparto la mano. Quiero preguntarle qué sabe de mí, además de mi nombre. Mi vida, después de todo, ha sido el centro de atención de la prensa rosa durante años. «La niña de Chocoflor ha robado el corazón a los españoles». «Las fotos más sexis de la niña de Chocoflor». «El primer amor de la niña de Chocoflor».

—Me imagino que eres de esas que no pueden esperar a que salga el próximo número de la revista para criticarme —farfullo.

—Conmigo no tienes que comportarte como una diva —intenta apaciguarme Dalila.

—¿Quién dice que me comporto de esa manera?

—¿Quieres saber cuál es mi plato favorito? —pregunta Dalila con una media sonrisa—. El hondo, porque cabe más comida.

Me echo a reír de nuevo. Me gusta que Dalila me recuerde a mi muñeca preferida. Me gusta que sus chistes sean tan malos que me hagan reír. Me gusta que no haga caso de mis salidas de tono. Mi risa corre por el suelo del patio hasta saltar dentro de la pila de lavar. Si fuera a dirigir una película, me encantaría que Dalila interpretara a la mejor amiga de la protagonista. Me reservaría el papel de la protagonista, por supuesto.

Un clic interrumpe mi risa.

Cuando giro la cabeza hacia la puerta que comunica el patio con el resto de la casa, veo que tu padre nos ha fotografiado a las dos, sentadas una al lado de la otra.

—Hacía tiempo que no me sacabas una foto —digo sin poder contener mi júbilo—. Mi marido también tiene un nombre bíblico poco común —cuento a Dalila—: Salomón, el monarca que amenazó con cortar a un bebé por la mitad para averiguar quién era su verdadera madre.

Dalila gira la cabeza para hablar con tu padre.

—Salomón es un nombre poco común; tu madre tuvo que haber sido una persona tan peculiar como la mía —dice.

—Sí —admite tu padre—, podría decirse que mi madre fue una persona peculiar.

—Salomón también tuvo un harén con más de mil mujeres. Quién sabe a cuántas mató para hacer hueco a nuevas concubinas. —Dalila me devuelve el *walkman*—. Creo que será mejor que siga tendiendo la ropa o no vais a tener más remedio que despedirme por gandula.

—Quédatelo para que no te aburras mientras trabajas —digo.

—Chocoflor es el mejor chocolate para hacer a la taza; es más sabroso que cualquier otra marca —revela con un guiño —. Una cosa más: gracias por recomendarme a vuestros vecinos alemanes. Comenzaré a trabajar para ellos esta misma semana. Me alegro de que me consideréis una persona de confianza.

—El objetivo de la cámara no engaña —señala tu padre.

Dalila vuelve a colocarse los auriculares antes de continuar con sus labores. «¿Cómo pudiste hacerme esto a mí?», canta mientras cuelga una funda de almohada. El olor del suavizante inunda el patio.

—Cariño, sácame otra foto —pido.

Sin levantarme todavía del banco, inclino la cabeza a un lado, coloco las manos sobre el regazo, cruzo las piernas con coquetería, pero es a Dalila a quien tu padre sigue con la cámara.

Clic.

El objetivo de su cámara es otra mujer. ¿Cuándo aceptaré que he dejado de ser su musa? Enderezo el cuello, dejo caer las manos a los costados, descruzo las piernas. Me arrepiento por primera vez de no tener un nombre bíblico. Como si llamarme de otra manera fuera la solución a mis problemas.

Hace un tiempo me apunté a un taller de interpretación con ejercicios que iban desde rugir como un león delante de los demás alumnos hasta atravesar el escenario pretendiendo ser un gato. Hijo mío, ¿crees que tu padre me sacaría una foto si caminase hacia él a cuatro patas mientras maúllo?

9

OFELIA

Miércoles, 7 de mayo de 1986, 3:00 p. m.

La caminata desde el caserío de Pedro Barba hasta Caleta de Sebo no es larga. Un sendero arenoso que bordea la costa, que discurre entre dunas, que cruza barranquillos, que trepa por promontorios rocosos. Calas de arena blanca junto a playas de cantos rodados negros. Con el imponente risco de Famara a la izquierda, a tiro de piedra. Con un viento proveniente del desierto africano que me empuja por la espalda. Con un calor achicharrante que me recuerda que no acerté poniéndome un pantalón de chándal.

El guardia civil barrigudo tiene razón: ¿dónde va a estar escondida Hilaria? Ocho kilómetros de norte a sur. Cuatro kilómetros de este a oeste. Una isla diminuta bajo un cielo gris que parece estar hecho de hormigón, que amenaza con aplastarme de un momento a otro.

—¿Cómo vas a ir caminando hasta Caleta de Sebo? —dijo tu padre cuando me vio salir con mis zapatillas de deporte, de un blanco reluciente.

—Que esté embarazada no significa que sea una inválida —repliqué.

Contesté de esta manera para no confesar que pretendía acercarme al bar del pueblo. ¿Qué iba decirle? ¿Que quería corroborar que, después de despedirse de Hilaria, había ido al bar a beberse unos vinos?

Casi no encuentro las zapatillas. Habría jurado que estaban guardadas dentro del armario, con el resto del calzado. ¿Cómo acabaron debajo del fregadero, con los productos de limpieza? Las zapatillas olían a amoníaco cuando me las puse.

Habré estado caminando cerca de una hora. Me debe faltar menos de un kilómetro para llegar a Caleta de Sebo. Un sudor pegajoso baja por mi espalda, por el canalillo entre mis pechos, por el interior de mis muslos. Hasta las zapatillas me aprietan. Están tan sucias que, si pudieran hablar, protestarían igual que una virgen mancillada.

Me detengo para contemplar el mar revuelto, pese a que debería apresurarme a llegar al pueblo porque tengo ganas de orinar. El viento, descontento con mi parada, sigue empuján- dome como si quisiera apremiarme. Hijo mío, también tú debes de tener prisa, porque me das una patada, pero permí- teme aclarar una cosa: un maratoniano que acaba de llegar a meta después de correr cuarenta kilómetros no estaría tan cansado.

Continúo caminando, aunque tengo la impresión de que me observan. Giro la cabeza a mi derecha porque creo haber visto a alguien por el rabillo del ojo. El viento, burlón, parece estar diciéndome que son imaginaciones mías.

Esta distracción es suficiente para que tropiece con una piedra. Caigo al suelo, pero consigo poner las manos por delante. Me quedo a cuatro patas. He oído decir que todas las embarazadas sufren una o varias caídas; sin embargo, dado que el bebé está bien acolchado con tanto líquido amniótico, no suele suponer ningún peligro. Me levanto, me sacudo las manos, me froto las rodillas porque me duelen. Menos mal que el pantalón de chándal no está roto.

Cuando desciendo hasta una playa de guijarros, esta vez con cuidado para no volver a caerme, veo a un hombre con un taparrabos. Es el mismo hombre que, unos días después de apedrear el todoterreno de Clemente, hirió a Hilaria cuando fuimos a cenar con nuestros vecinos alemanes. Un buen candidato para interpretar al asesino loco de una película de terror. Cerca de donde está, distingo un saco de dormir al lado de los restos de una hoguera.

El hombre coge una piedra con la intención, no me cabe duda, de lanzármela. Me protejo la barriga con los brazos. Hijo mío, me sorprendo tanto o más que tú, pero el movimiento ha sido instintivo. El hombre, por suerte, no tira la piedra, sino que me sonríe. Con una sonrisa lobuna de dientes ennegrecidos.

Echo a correr como alma que lleva el diablo. Corro hasta que alcanzo la primera de las casas de Caleta de Sebo. Qué espectáculo debo de estar dando: una mujer embarazada corriendo a trompicones con las manos debajo de la tripa. Como quien sostiene una sandía.

Cuando me detengo, miro hacia atrás con la respiración entrecortada por el esfuerzo, pero el hombre con el taparrabos no me ha seguido.

El sendero, tras pasar al lado de un antiguo aljibe, conduce a una calle ancha. Me pregunto, no por primera vez, por qué alguien elegiría una isla tan apartada para vivir. Con calles sin asfaltar, sin teléfono, siempre pendientes del estado del traicionero mar.

Mujeres con el rostro curtido me dan las buenas tardes mientras barren las entradas de sus casas con escobas de palmito. Hombres con el rostro aún más curtido me lanzan miradas de refilón antes de seguir dando caladas a sus cachimbas. Los niños dejan de dar patadas a una pelota del mismo color que la tierra para observarme sin disimulo. Casi todo el mundo lleva puesto un sombrero de pleita para protegerse del sol. Un perro flaco me sigue unos metros sin parar de ladrar. «¿Sabes quién es?», pregunta una mujer al hombre que está sentado a su lado. «¿Cómo quieres que sepa quién es?», responde él. «Es la niña de Chocoflor, que ha venido a la isla a pasar unos días», aclara la mujer mientras golpea el muslo del hombre con una mano. Es posible que no tengan teléfonos, pero es evidente que sí tienen televisores. Si no era el caso antes, a partir de ahora seré la comidilla del pueblo.

Camino por delante de la tienda de víveres, llena de mujeres. Camino por delante del bar, lleno de hombres, aunque no entro. Me quedo parada cerca de la puerta hasta que un hombre sale con una botella de cerveza a medio beber.

—Entra, guapa, que no mordemos —me anima el hombre, pero me apresuro a proseguir mi paseo.

Hijo mío, ¿por qué habría de dudar de tu padre? El culpable de la desaparición de Hilaria es su novio, es Clemente.

Me alegro de encontrarme con un turista porque, de repente, me siento fuera de lugar, como una marciana. Hasta el viento no tiene otra cosa mejor que hacer que borrar mis huellas.

El turista está sacando una foto a la iglesia del pueblo. Es un hombre alto, delgado, rubio, con unas cejas arqueadas que parecen dos puentes. Mis dotes de deducción no son las más brillantes, pero sé que es un turista por su palidez. La piel de los lugareños está tostada por el sol.

—Buenas tardes —saludo al turista antes de subir unos escalones para encaminarme a la iglesia, que está pintada de blanco, a juego con el resto de las casas.

Examino el interior oscuro de la iglesia desde la puerta, sin animarme a entrar. El altar está adornado con una barca de madera. La barca no es el único motivo marinero porque una enorme red de pescar cuelga de la pared situada detrás del altar. Hasta los pedestales de los cirios tienen forma de pez. Un olor a incienso me envuelve. La iglesia debe ser el único lugar de la isla que no huele a pescado.

—Una sonrisa —oigo de pronto detrás de mí.

Cuando me giro, me percato de que el turista me está apuntando con su cámara fotográfica.

—Una mujer preciosa frente a una iglesia preciosa —celebra el turista antes de pulsar el disparador.

—Es de mala educación sacarle una foto a alguien sin pedir permiso.

—Sé quién eres —dice él.

—Bienvenido al club —replico mientras señalo con la cabeza a tres adolescentes con pantalones cortos que me miran sin dejar de darse codazos.

—Quiero que hagas llegar un mensaje a tu maridito de mi parte —añade el turista.

Estas palabras me causan tanta sorpresa que retrocedo unos pasos. Mis talones golpean el escalón de la puerta de la iglesia.

Casi pierdo el equilibrio, pero el turista me sujeta por una muñeca.

—Eres el vendedor de enciclopedias —musito con consternación porque me acabo de dar cuenta de que sé quién es: es el hombre que discutió con tu padre el mismo día que me sugirió que nos fuésemos de vacaciones. Me había recuperado del susto que me dio el loco del taparrabos, pero mi corazón vuelve a latir sin control porque las coincidencias no existen.

Giro el brazo para zafarme del turista, pero sus dedos continúan agarrándome la muñeca como si fuera un cazador que no está dispuesto a soltar a su presa.

—¿El vendedor de enciclopedias? —repite el turista sin saber de qué hablo.

—Suéltame o me pongo a dar gritos —amenazo porque los dedos del turista me están haciendo daño.

El turista hace caso omiso de mis amenazas, como si su pasatiempo favorito fuera acosar a mujeres embarazadas delante de las iglesias.

—¿Quieres oír o no mi mensaje? —dice.

—¿Qué mensaje?

Miro a mi alrededor para buscar a alguien a quien pedir socorro. Los tres adolescentes han desaparecido. El único testigo del ataque es el perro flaco de antes, que no debe advertir ningún peligro porque ni siquiera ladra.

El turista acerca su boca a mi oreja, tanto que su aliento me barre la piel.

—Más que un mensaje, es un aviso: dile a tu maridito que pagará por sus pecados tarde o temprano, da igual el lugar que elija para esconderse.

—¿Qué pecados son esos de los que hablas? —gimo.

—¿Este caballero está molestándola? —resuena de repente una voz que destila autoridad.

Mi atacante me suelta la muñeca de inmediato.

El guardia civil barrigudo que está investigando la desaparición de Hilaria avanza hacia nosotros con los pulgares enganchados del cinturón. La camisa verde de su uniforme está arrugada, como si no hubiera tenido oportunidad de plancharla.

El guardia civil frunce el ceño tras percatarse de las marcas rojas de mi muñeca.

—Estaba preguntando por direcciones —señala el turista.

—¿Direcciones a dónde?

—Busco la oficina de correos.

El guardia civil apunta a la izquierda.

—La oficina de correos está aquí al ladito, a menos de cien metros.

El turista me mira a los ojos antes de marcharse.

—Ojalá no corras el mismo destino que Catalina —dice, pero no sé cuál es el significado de sus palabras ni quién es Catalina.

Si mi corazón latía sin control hace unos minutos, ahora parece que está a punto de salir despedido de mi pecho. Con las manos sobre el abdomen, inspiro por la nariz varias veces hasta tranquilizarme.

El guardia civil observa la espalda del turista durante un buen rato.

—¿Conoce a ese hombre?

—Un admirador —miento.

—Ustedes los famosos deben estar acostumbrados a todo tipo de admiradores. —El rostro del guardia civil está tan sudoroso que me cuesta resistir la tentación de prestarle un pañuelo.

Me imagino que no me ha creído, que sospecha que el turista es más que un mero admirador, pero me da igual.

Catalina, Catalina, Catalina. ¿Quién eres, Catalina?

10

OFELIA

Miércoles, 7 de mayo de 1986, 5:15 p. m.

¿Cómo habría reaccionado la heroína de una película de acción? ¿Habría mordido el brazo de su atacante igual que un perro rabioso? ¿Habría golpeado su entrepierna? Creo haber mencionado que actuar equivale a hacer algo, ¿recuerdas, hijo mío? El actor que no hace nada no está actuando; es por eso que debe analizar la escena, plantearse tres preguntas para así poder elegir la mejor acción.

La primera pregunta: ¿qué está haciendo el personaje? La respuesta debe ser concisa; por ejemplo, el personaje está defendiéndose de su atacante con ahínco.

La segunda pregunta: ¿cuál es la acción fundamental que explica por qué el personaje está defendiéndose de su atacante? El actor podría decidir que dicha acción fundamental es demostrar a su atacante que no es un cobarde.

La tercera pregunta: ¿qué significado tiene esta acción para mí, para el actor? Conviene imaginarse una situación similar. Esta acción es como si, por ejemplo, reuniera el coraje suficiente para enfrentarme a mi marido tras averiguar que me ha traído a una isla remota por cualquiera sabe qué asunto turbio.

Quizás nunca he sido una buena actriz porque me falta coraje, porque no me atrevo ni a enfrentarme a tu padre. Me gustaría saber quién es el vendedor de enciclopedias, quién es Catalina. Me gustaría saber por qué mintió al guardia civil, pero no tengo derecho a exigirle que me cuente la verdad. Si tu padre me ha mentido, está por ver quién es el más mentiroso de los dos. Quien miente a un mentiroso está bendecido con cien años de perdón, ¿sí o no? ¿O acaso solo quien roba a un ladrón puede ser perdonado? Hijo mío, aunque mi escudo está fracturado, las fisuras no son profundas porque sé que tu padre aún me quiere, que nunca me haría daño, ni a mí ni a ninguna otra persona.

El turista desaparece al igual que mis dudas.

—¿Cómo va a regresar a su casa? —me pregunta el guardia civil barrigudo. He oído a algún que otro vecino referirse a él como «cabo Castillo».

—Caminando —respondo.

—Hemos confiscado el todoterreno de Clemente mientras dure la investigación —dice el cabo Castillo tras señalar el polvoriento vehículo, aparcado frente a uno de los pocos restaurantes del pueblo—; permítame llevarla a su casa.

—¿Todavía no han encontrado a Hilaria?

—Me temo que las probabilidades de encontrarla con vida son cada vez más exiguas.

El viaje de regreso al caserío está siendo incómodo, no solo porque me preocupa que, de un momento a otro, aparezca el loco del taparrabos para lanzarnos piedras, sino porque la cabeza me da vueltas sin parar. Como entra polvo por la ventanilla, giro la manivela para subirla. Con la ventanilla cerrada, sin embargo, el olor a pescado del interior del vehículo es aún más insoportable.

—¿Cómo es que su compañero no ha venido con usted? —digo para romper el silencio.

Con cada tumbo del todoterreno, la barriga del cabo Castillo choca con el volante.

—Mi compañero tuvo que marcharse esta mañana por un asunto personal, aunque me da a mí que eso del asunto personal no era más que una excusa, que el pobre echaba de menos a su mujer. Cosas de recién casados —cuenta el guardia civil con el mismo tono que usaría una maruja para cotillear con otra.

Me percato de que me he sentado encima de un periódico, así que levanto un poco el trasero para cogerlo. Un periódico con fecha del domingo. Según uno de los titulares, la nube radiactiva provocada por el accidente de la central nuclear de Chernóbil ha llegado a España, aunque las autoridades afirman que no existe ningún motivo de alarma.

Coloco el periódico sobre el salpicadero después de doblarlo por la mitad. El papel amarilleado me produce repelús.

—¿Usted no echa de menos a su mujer?

—Claro que echo de menos a mi mujer, pero hace tiempo que ella no me echa de menos a mí —ríe el cabo Castillo—. Casi treinta años de matrimonio, oiga.

El guardia civil aparca por fin delante de nuestra casa.

Cuando salgo del vehículo, veo a tu padre, que regresa de darse un baño con una toalla amarrada a la cintura. El sol de estos días ha tostado aún más su piel de por sí morena.

Quiero correr a casa porque no aguanto las ganas de orinar, pero decido esperar a que tu padre nos alcance.

—Gracias por traer de vuelta a mi mujer —saluda.

El cabo Castillo observa a tu padre con el ceño fruncido antes de bajarse también del todoterreno.

—Hablé con varios de los asiduos al bar; han declarado que estuvo bebiendo con ellos hasta poco después de la una de la mañana.

—Como dije, fui a echarme unos vinos, pero no bebí mucho, a decir verdad.

—¿Qué hizo cuando salió del bar?

—Mi respuesta no cambiará aunque me haga la misma pregunta un millón de veces: regresé a casa nada más salir del bar, sin hacer ninguna parada por el camino.

El cabo Castillo desvía la mirada hacia la bicicleta, que está aparcada cerca de la puerta, con la burra puesta.

—¿Esa es la bicicleta que usó esa noche?

—Es una bicicleta vieja, pero bien engrasada.

El guardia civil medita unos segundos antes de continuar hablando.

—Contó que llegó a casa alrededor de las dos de la mañana, ¿cierto?

—Cierto, faltaban unos minutos para las dos —dice tu padre con las manos a la cintura—. Con tantas preguntas, comienzo a pensar que sospecha de mí.

—Mi intención es solo corroborar los datos. Si es cierto que regresó a casa alrededor de las dos de la mañana, no tiene de qué preocuparse.

El cabo Castillo me mira, pero por suerte no vuelve a interrogarme. Hijo mío, aunque sea una mentirosa, no me gusta mentir. Cada vez que miento, me pongo nerviosa. Una incongruencia, ¿verdad? Como no quiero que el guardia civil detecte mi nerviosismo, giro la cabeza hacia un lado, hacia la casa de los vecinos. Gertrud nos está observando por una de las ventanas; presiento que nos encuentra más entretenidos que el culebrón de turno. Cuando abanico la mano con la intención de saludarla, la mujer corre la cortina para ocultarse.

—Es posible que usted sea la última persona que vio a la doctora Hilaria con vida; por tanto, mientras dure la investigación, sería preferible que no abandonase la isla —advierte el cabo Castillo a tu padre.

—Mi mujer está embarazada de siete meses. ¿Qué pasa si surgen complicaciones con su embarazo? —argumenta tu padre.

El guardia civil me vuelve a mirar.

—¿Cómo va su embarazo?

—Mi embarazo va bien —contesto.

—Si tiene cualquier molestia, acuda al consultorio —zanja el cabo Castillo—. Una monja hace de enfermera cuando el médico no está. Ella podrá atenderla igual de bien que si fuera a un hospital.

Con estas palabras, el guardia civil vuelve a subirse al todoterreno.

Me quedo callada hasta que el vehículo parte dejando una nube de polvo por detrás.

—¿Quién es Catalina? —pregunto de sopetón.

Me siento como un soldado que ha lanzado una granada sin avisar. Un soldado que, por fin, ha reunido el coraje suficiente para escalar la pared de la trinchera.

Quiero pensar que es una pariente, una amiga, quizás una compañera de trabajo.

—Catalina es mi primera esposa —aclara tu padre sin que el estallido de la granada parezca haberle afectado—. Con la cantidad de veces que he hablado de ella, ¿cómo has podido olvidar su nombre? —añade mientras vuelve a atarse la toalla a la cintura porque está a punto de caerse al suelo.

¿Catalina es su primera esposa? Me habría sobrecogido menos si me hubiera abofeteado. ¿Cómo puede, además, acusarme de olvidar su nombre si apenas me ha contado nada acerca de su anterior matrimonio? «Hablar de ella me resulta demasiado doloroso», me confesó una vez para apaciguar mi curiosidad. Cualquier otra persona habría insistido, pero tu padre es como un regalo envuelto con un precioso papel brillante. ¿Quién me asegura que, si rompo el papel, el regalo va a ser de mi agrado? ¿Qué ocurriría si resulta que son bombones caducados?

Hijo mío, juraría que oigo cómo una nueva fractura amenaza la integridad de mi escudo. Me gustaría regresar cuanto antes a nuestro ático de Madrid para ponerlo patas arriba. Quizás tu padre esconda una caja con recuerdos de su primera mujer: las fotos de su boda, unos pendientes, *souvenirs* de los viajes que hicieron juntos. Creo, sin embargo, que no iba a encontrar nada entre las pertenencias de tu padre, ni fotos ni pendientes ni *souvenirs*. Me pregunto por qué tu padre borraría a esta mujer de su vida de una forma tan cruel, como si nunca hubiera existido, como si nunca hubieran estado casados. Si más adelante deja de quererme, ¿me borrará también a mí de la misma manera?

—Es cierto, me has hablado de ella —respondo con otra mentira porque quiero evitar que mi escudo continúe quebrándose.

11

OFELIA

Jueves, 8 de mayo de 1986, 2:15 a. m.

Me despierto por culpa de los calambres de las piernas. O, al menos, eso creo hasta que consigo deshacerme de las pringosas hebras del sueño. Cuando me desperezo, oigo unas voces. Estiro el brazo para buscar el cuerpo caliente de tu padre, pero su lado de la cama está vacío. Hijo mío, a pesar de que sé que la curiosidad mató al gato, me levanto para averiguar de quién son esas voces. Me levanto, sí, aunque con mucha menos agilidad que un gato, claro.

Las voces provienen del jardín. Unas voces masculinas. Camino a tientas porque no quiero encender ninguna luz. La oscuridad me envuelve como un sudario áspero. Un sudario tan apretado que me impide respirar a gusto. Consigo llegar al salón sin tropezarme con ningún mueble. Cuando aparto un poco las cortinas de una de las ventanas que dan al jardín, distingo dos figuras iluminadas por la luz que nuestros vecinos alemanes siempre mantienen encendida por la noche. Otras luces lejanas flotan sobre el mar. Me imagino que son barcas de pescadores.

Los dos hombres están a pocos pasos de los huesos de ballena que adornan el jardín. Uno de ellos es tu padre. El otro es el vendedor de enciclopedias. Mejor dicho, el falso vendedor de enciclopedias, que querrá asegurarse de que el mensaje que me dio frente a la iglesia llegue a oídos de tu padre.

—¿Creías que si escapabas a una isla perdida ibas a poder deshacerte de mí? —exclama el falso vendedor.

—¿Cuántas veces he de decirte que fue un accidente? O quién sabe. Hacía tiempo que Catalina estaba deprimida, así que quizás pensó que su única salida era hacerse daño a sí misma —replica tu padre con hastío, como si estuviera acostumbrado a defenderse de las acusaciones del otro hombre.

—Eres un malnacido. La muerte de mi hermana no fue ni un accidente ni un suicidio —contraataca el falso vendedor.

—Me da igual que me creas o no, pero quiero que sepas que su muerte también fue un duro golpe para mí; no necesito que eches más leña al fuego.

El falso vendedor calla durante unos segundos.

—Me he enterado de que buscan a una mujer —dice por fin—. Qué casualidad que desapareciera poco después de tu llegada a la isla. ¿Quién será tu próxima víctima? ¿Tu nueva mujercita? ¿Estás esperando a que dé a luz para deshacerte de ella?

Los dos hombres, de repente, giran la cabeza hacia la casa de nuestros vecinos, como si hubieran advertido algo.

—¿Quién anda ahí? —grita Herman con su pronunciado acento alemán.

El falso vendedor dice unas palabras más antes de huir, pero no alcanzo a oírlas.

Me apresuro a regresar al dormitorio para que tu padre no descubra que he sido testigo de su conversación. Cuando aparto la sábana para acostarme, veo una enorme mancha de sangre. Me digo que es normal sangrar durante el embarazo. Miro la parte de atrás de mi camisón, pero no está sucio. Como me muevo bastante mientras duermo, el camisón suele acabar enroscado alrededor de mi cintura. Las bragas son otro cantar porque sí que están manchadas de sangre. Cojo unas bragas limpias para cambiarme e, igual que un niño que pretendiese ocultar a sus padres que ha vuelto a mear la cama, arranco las sábanas de un tirón después de esconder las bragas manchadas dentro del cajón de mi mesilla de noche.

Oigo los pasos de tu padre, cada vez más cercanos.

—¿Qué haces? —dice nada más verme.

—Cambiar las sábanas, que están sudadas —miento porque sé que si averigua que he sangrado, dirá que es culpa mía por no cuidarme. Como cuando me olvidé una vez de tomar las pastillas de hierro, que me acusó de ser una mala madre.

Con premura, enrollo las sábanas para que tu padre no vea la mancha de sangre. Miro a mi alrededor porque no sé qué hacer con ellas, hasta que decido meterlas dentro del armario, hechas una bola.

Como si mi comportamiento no fuera para nada extraño, rehago la cama con un nuevo juego de sábanas mientras tu padre me observa con los brazos cruzados.

Cuando nos volvemos a acostar, me das una patada, hijo mío. Quizás quieras decirme que, de momento, no tienes pensado irte a ningún lado.

Me va a ser difícil dormir porque una pregunta me alumbra la cabeza como con luces de neón:

«¿Catalina es la hermana del falso vendedor de enciclopedias?».

Las luces de neón forman una nueva pregunta que brilla con un rosa fluorescente:

«¿Dónde estás, Catalina?».

Las luces de neón parpadean varias veces hasta apagarse. Cuando vuelven a encenderse, forman una tercera pregunta:

«¿Dónde estás, Hilaria?».

Las luces de neón me mantienen despierta hasta casi el amanecer.

Habrá quien concilie el sueño con el ruido del mar, pero a mí, el vaivén de las olas me suena más a una canción de rocanrol duro que a una nana.

Me repito que tu padre me quiere, que nunca me haría daño, que las insinuaciones del falso vendedor carecen de fundamento.

Consigo por fin dormirme.

Cuando abro de nuevo los ojos a eso de las diez de la mañana, me percato de que alguien me está observando por una de las ventanas del dormitorio.

La vecina alemana me saluda con una sonrisa culpable antes de desaparecer.

12

OFELIA

Jueves, 8 de mayo de 1986, 12:30 p. m.

El mar, hasta donde alcanza la vista, parece una piel azul erizada. Entro poco a poco porque el agua está tan fría que me corta la respiración. Como la arena bajo mis pies está mezclada con piedras, avanzo con cuidado para no golpearme un dedo. Cuando el agua me alcanza la altura del pecho, nado unos metros hasta no hacer pie. El fondo es visible e, incluso, distingo unos peces plateados que juegan entre mis piernas sin temor a recibir una patada. Echo la cabeza hacia atrás, abro los brazos, levanto la pelvis para flotar bocarriba. Cierro los ojos porque el sol me deslumbra. Casi puedo imaginarme que mi vientre vuelve a estar plano, que mi cuerpo vuelve a ser solo mío. Me gustaría quedarme así, flotando. ¿Hasta qué tierras remotas me transportaría la corriente? Una vez leí que el mar arrastró una tabla de surf desde Hawái hasta una isla filipina. Un viaje de más de ocho mil kilómetros.

Ha vuelto a ocurrir algo extraño. Esta mañana no encontré el cepillo de dientes pese a que recuerdo haberlo usado anoche.

—¿Has visto mi cepillo de dientes? —pregunté a tu padre, que me respondió con un gruñido mientras ponía la cafetera al fuego.

Hijo mío, si no me imagino a tu padre cambiándome las cosas de sitio, ¿por qué pienso que sería capaz de matar a alguien? El *walkman* estaba con la ropa sucia. Las zapatillas de deporte, debajo del fregadero, con los productos de limpieza. ¿Encontraré el cepillo de dientes con los cubiertos o dentro de un caldero?

Me quedé mirando a tu padre un buen rato hasta que la cafetera silbó.

—Mentiste cuando hablaste con el guardia civil —revelé mientras tu padre apartaba la cafetera del fuego.

—¿Qué dije que no fuera verdad?

—La noche que desapareció Hilaria, no regresaste a casa a las dos de la mañana. Miré el reloj cuando volviste. Eran casi las cuatro.

—Es demasiado temprano para que me sometas a un interrogatorio.

—¿Qué hiciste desde las dos hasta las cuatro? —continué a pesar de su reticencia.

—Quería estar solo, así que fui a la punta del muelle a sentarme un rato.

—¿Estuviste contemplando el mar durante más de dos horas? —resoplé.

—Eso es, el mar es especialmente hermoso por la noche. —La mano de tu padre no tembló ni un ápice mientras vertía el café dentro de una taza de cristal verde.

—Si es verdad que no volviste a ver a Hilaria después de dejarla frente a su casa, ¿por qué mentiste al guardia civil?

—Mentí porque no me hubiera creído. Si ni siquiera tú me crees, ¿por qué iba a hacerlo un desconocido?

Un incómodo silencio con olor a café nos envolvió durante unos segundos.

Es cierto que dudé de la veracidad de sus palabras, que aún dudo, pero ¿sabes qué ocurre con los mentirosos, hijo mío? Que pensamos que los demás también mienten sin parar.

—Quizás alguien pueda corroborar tu historia, un vecino trasnochador que anduviese cerca del muelle a esa hora —dije con la desesperación de quien busca un salvavidas porque está ahogándose.

—Cuando hablas de esa manera, suenas como el abogado de una mala película —me acusó tu padre.

—O tal vez quieres decir que sueno como una mala actriz —me defendí, pero tu padre debía de haberse hartado de mí, porque salió al patio con la taza humeante.

Corrí detrás de él. El sol mañanero era cegador.

—¿Crees de veras que sería capaz de hacer daño a alguien? —soltó de repente tu padre—. ¿Qué supones que hice? ¿Estrangular a esa mujer con mis propias manos antes de tirar su cuerpo al mar? Un día de estos, Hilaria aparecerá como si nada hubiera pasado porque, si quieres saber mi opinión, no creo que esté muerta.

—Cariño, si tienes algo que contarme, este es un buen momento —dije porque me acordé, además, de la conversación que mantuvo anoche con el falso vendedor de enciclopedias. El origen de los arañazos de su cuello tampoco era claro.

—Quizás deberíamos regresar a Madrid tan pronto como sea posible —sugirió tu padre después de beber un trago de café. Hizo de inmediato un gesto de disgusto con la cara—. Me olvidé de ponerle azúcar.

Estuve a punto de preguntarle por qué quería acortar nuestras vacaciones, si era por Hilaria, por el falso vendedor de enciclopedias o por ambos, pero antes de que pudiera decir nada, tu padre me dio un beso que sabía a café amargo. El café demasiado dulce me repugna; prefiero beberlo sin azúcar.

Continúo flotando bocarriba hasta que me aburro. Cuando me giro para dar unas brazadas, me percato de que el mar me ha alejado unos metros más de la orilla, aunque aún tendría que dar muchas más brazadas si quisiera cruzar el estrecho. Hace unos días encontré un antiguo periódico dentro de un cajón. Uno de los artículos del periódico hablaba de las gracioseras que, años atrás, subían caminando por las escarpadas veredas del risco de Famara, muchas de ellas descalzas para no estropear las alpargatas. Quince kilómetros de ida hasta el pueblo más cercano de la isla vecina; otros tantos de regreso. La ida, con cestos de pescado seco que portaban sobre la cabeza. La vuelta, con huevos, con pollos, con sacos de patatas e, incluso, con roperos. Cuando descendían el risco, prendían unas fogatas para avisar a sus maridos de que vinieran a recogerlas con las barcas. Qué vida más dura.

Una chalana con dos hombres capta mi atención. Uno de ellos, con el pelo blanco, rema mientras fuma un cigarrillo. El otro, más joven, con un pantalón impermeable de color verde fosforito, busca peces con un mirafondos o como quiera que sea el nombre de esa caja de madera con un cristal que sirve para ver el fondo marino. El pescador más joven suelta el mirafondos para lanzar una caña al mar. Unos minutos más tarde, levanta la caña con un pez colgado del anzuelo. Es un pez con las escamas rojas. Una vieja, creo. El pescador más joven es Clemente, sin lugar a duda. Clemente me descubre después de soltar el pez del anzuelo.

Cuando una mujer desaparece o muere asesinada, el principal sospechoso suele ser su pareja. Hijo mío, las estadísticas no engañan: el culpable es, casi con certeza, Clemente. Más aún, si tu padre no tuvo nada que ver con la desaparición de Hilaria, es posible que las acusaciones del falso vendedor de enciclopedias sean infundadas. Quizás pienses que mi razonamiento es retorcido, pero me niego a creer que el hombre con quien me casé sea un asesino. Mi escudo no puede quebrarse porque, si no, ¿quién va a protegerme de las alimañas?

Como Clemente no deja de mirarme, hundo la cabeza bajo el agua. Cuento los segundos que paso sumergida. Cinco segundos. Me pregunto si tu mundo amniótico es parecido a este otro salado que me rodea. Quince segundos. Me pregunto qué ves cuando abres los ojos, si es que ves algo. Cuarenta segundos. Me pregunto por quién lloraría tu padre si muero ahora mismo, si lloraría por mí o si solo lloraría tu pérdida. Cincuenta segundos. Me pregunto si una nube radiactiva podría también contaminar el mar.

Si pudieras hablar, me dirías que me deje de bobadas. Cuando saco la cabeza del agua para coger aire, no veo rastro alguno de la chalana. Qué fácil es engañarte. ¿Crees de veras que sería capaz de contener la respiración durante casi un minuto? He contado los segundos demasiado deprisa.

—¿Estás bien? —grita una mujer desde la orilla, con la mano a modo de visera para protegerse del sol. Cuando baja la mano, reconozco el rostro de muñeca de Dalila—. Creí por un momento que pretendías romper el récord de apnea.

—Báñate conmigo —digo, pese a que mi piel está tan arrugada que quizás debería salir del agua.

—¿Cómo si no tengo bañador?

—¿Qué más da?

Dalila no necesita más motivación para quitarse la bata holgada que lleva puesta. Su sujetador es blanco, sin florituras ni encajes. Sus bragas son estampadas, de color fucsia. Hace años que no uso ese tipo de bragas tan infantiles, aunque me temo que las bragas de talla grande que me veo obligada a usar ahora por tu culpa son mucho menos favorecedoras.

—El agua está fría —aviso, pero aun así, Dalila echa una carrerilla antes de zambullirse.

—Cuando está fría, es mejor no pensárselo mucho —dice tras salir a la superficie. Las oscuras aureolas de sus pechos son visibles a través de la tela húmeda del sujetador, aunque a ella no parece importarle.

Con un gesto de la cabeza, invito a Dalila a alejarnos unos metros de la orilla.

—¿Caleta de Sebo es tan aburrido que no has podido resistir la tentación de venir al excitante caserío de Pedro Barba? —pregunto con tono burlón.

—Mi visita no es por ocio; los jueves me toca limpiar la casa de tus vecinos.

—Mis condolencias.

Las dos nos echamos a reír mientras nos mantenemos a flote. Mi pie derecho golpea sin querer una de las piernas de Dalila. Muevo el pie para rozar de nuevo su pierna, como una caricia.

—Eres diferente a cómo me imaginaba —dice Dalila, que no aparta la pierna.

—¿Más fea?

—Más natural —me corrige—; supongo que no es verdad que todas las actrices sean altivas.

—¿Quién dice que todas las actrices son altivas?

—Las revistas del corazón.

—Esas revistas solo publican mentiras.

—Si uno de esos periodistas me entrevistara alguna vez, contaría que conozco al menos a una actriz que no actúa con altanería.

—Es un halago que me consideres una actriz, porque para el resto del mundo solo sirvo para vender bolsas de Chocoflor —digo antes de hundir de nuevo la cabeza debajo del agua.

Cinco segundos. Gracias a mi carrera, mi padre puede darse aires de rico cada vez que invita a sus amigos a su chalé de lujo. Un chalé que compró con el dinero que gané con los anuncios de Chocoflor, claro. Quince segundos. ¿Quieres saber si, pese a todo, me gustaría trabajar como actriz? Mi respuesta es un sí rotundo. Cuarenta segundos. ¿Quieres también saber a qué extremos llegaría para conseguir un papel protagonista? He de decirte que sería capaz de casi cualquier cosa. Un colega me dijo una vez que si había algo que me apasionara más que actuar, que me dedicara a eso, que el trabajo de actor es demasiado arduo. Hijo mío, nada me apasiona más que actuar.

Unas manos, de pronto, me agarran por la cintura para obligarme a subir a la superficie.

—¿Quieres morir ahogada o qué? Estos jueguecitos podrían dañar a tu bebé —me recrimina Dalila.

—Cuéntame un chiste —me limito a decir mientras nado a su alrededor. Como si fuera un tiburón acorralando a un pobre pez. ¿Qué tiburón ni qué ocho cuartos, pensarás, si me asemejo más a una vaca marina?

Dalila me observa igual que si estuviera majareta.

—¿Por qué las focas del circo siempre miran hacia arriba? —dice por fin.

—¿Por qué? —pregunto.

—Porque es donde están los focos —responde antes de regresar a la orilla.

Me río con tantas ganas que casi me atraganto. Cuando salgo del agua detrás de Dalila, veo a tu padre con su cámara.

—Sonríe a la cámara, que tu marido va a sacarte una foto —dice Dalila mientras señala a tu padre, que está subido a unas rocas.

—Mi marido solo fotografía cosas hermosas.

—¿Qué puede haber más hermoso que una mujer embarazada?

Me gustaría creer sus palabras, pero sé que la intención de tu padre no es fotografiarme a mí. El objetivo de su cámara persigue a Dalila como un hipnotizado seguiría el péndulo que el hipnotizador hace oscilar delante de sus ojos. Espejito, espejito mágico, ¿quién es la mujer más hermosa del reino? Hijo mío, preferiría no conocer la respuesta del espejo.

Camino hacia Dalila, que está secándose con mi toalla.

—¿Crees que mi marido es una buena persona? —pregunto. El ruido de las olas camufla mi voz, así que no me preocupa que tu padre pueda oírme.

—Quien mejor puede saberlo eres tú —contesta Dalila después de darme la toalla para que también me seque.

Quiero pedirle que me cuente otro chiste, pero no digo nada mientras regresamos al caserío. Me he enrollado la toalla alrededor del cuerpo. Dalila, por su parte, ha vuelto a ponerse la bata holgada. Su sujetador ha humedecido la tela de la bata hasta formar dos círculos.

Cuando estamos a punto de llegar a casa, veo a un hombre con un taparrabos salir por la puerta con algo apretado contra el pecho, con una prenda de color amarillo.

El primer pensamiento que pasa por mi cabeza es: tu padre

volvió a olvidarse de cerrar la puerta con llave. «Esto no es Madrid —me espetó el otro día—; ¿quién va a venir a robar a un lugar tan aislado?».

El segundo pensamiento es: ¿qué hace el loco del taparrabos saliendo de nuestra casa?

El tercer pensamiento es: ¿qué es esa prenda de color amarillo?

El hombre me sonríe nada más verme, dejando entrever sus dientes ennegrecidos.

13

OFELIA

Jueves, 8 de mayo de 1986, 1:15 p. m.

La prenda de color amarillo que el loco aprieta contra el pecho es uno de mis vestidos. Un vestido de premamá que, a decir verdad, empieza a quedarme apretado porque cada día me crecen más las tetas.

—¿Qué haces con mi vestido? —grito.

El loco, como respuesta, levanta los brazos para ponerse el traje.

—¿Quién es ahora el más guapo? —replica entre carcajadas antes de echar a correr por el camino que conduce a Caleta de Sebo, como si fuera una bruja de cuento.

Qué escándalo, hijo mío. Los dos alemanes nos observan desde el patio de su casa. Gertrud, con su pelo cardado. Herman, con su barriga cervecera. Han vuelto a cambiar el televisor por las alocadas aventuras de sus vecinos. El volumen del televisor es tan atronador que cualquiera pensaría que están sordos. Un periodista está hablando, una vez más, del accidente de Chernóbil. Un científico barcelonés ha detectado iodo radiactivo tras el análisis de varias muestras de orina humana. Me pregunto si habrá analizado su propia orina.

—Me temo que vas a tener que dar ese vestido por perdido —dice Dalila, que está a mi lado.

—Ese hombre, ¿es peligroso?

—Espero que no, aunque no sé cuál es su historia.

—Qué raro que una graciosera no sepa quién es.

—Hace poco que me mudé a la isla, así que el título de graciosera aún me queda grande —explica Dalila antes de encaminarse hacia la casa de los alemanes—. Mejor me pongo manos a la obra porque tus vecinos no me pagan por gandulear.

Me he quedado a solas, hijo mío; a solas contigo, claro.

Cuando abro la puerta de nuestra casa, tengo la impresión de que la vivienda me recibe con enojo, como si me culpara de que un extraño hubiera estado rondando por sus habitaciones. Más aún cuando dicho extraño ha dejado por detrás el olor rancio de quien lleva días sin ducharse. Me percato de que las cuatro sillas del comedor están echadas hacia atrás, de que los cojines del sofá están hundidos, de que la colcha que cubre la cama del dormitorio está arrugada. Quizás, mientras buscaba un sitio confortable para sentarse, el loco pensó que las sillas del comedor eran demasiado duras, que el sofá era demasiado incómodo o que la cama era demasiado blanda.

El armario está abierto, pero no parece que falte nada, aparte de mi vestido amarillo.

Una hoja de papel colocada sobre una de las almohadas llama mi atención. Me refiero a la almohada que me pongo entre las piernas para intentar dormir mejor.

La hoja tiene algo escrito con bolígrafo rojo, con una letra casi infantil.

«Conozco tu secreto, guarra».

Las manos me tiemblan. Un sudor frío me baja por el canalillo. Las letras de color rojo danzan delante de mis ojos como si fueran bailarinas de cancán, una patada alta tras otra con la falda levantada para mostrar las enaguas. ¿Quién habrá dejado esta nota? ¿El loco del taparrabos, tal vez? ¿Qué sabe? ¿Cuánto sabe? La imagen del hombre corriendo con mi vestido amarillo, de pronto, no me hace ni pizca de gracia.

Hijo mío, si ni siquiera los soviéticos han podido ocultar el accidente de Chernóbil, que hasta el pis de unos barceloneses ha servido para delatarlos, ¿cómo podía pensar que nadie iba a descubrir mi secreto? Había creído que nunca saldría a la luz mientras mintiese como una bellaca. La culpa fue mía por haber llegado tarde a la audición. Otro actor me había aconsejado que, si me pasaba esto, dijera que venía de otra prueba, que había tenido que cruzar la ciudad de una punta a otra. Como es lógico, podrían preguntarme a qué audición había ido, pero para que no me pillaran solo tenía que responder que prefería no contar nada porque era supersticiosa. ¿Qué ocurriría si, por hablar de ello, no me daban el papel? Que un actor sea supersticioso no es extraño, después de todo. Cuando rogué que me dieran otra oportunidad pese a haber llegado tarde, estaba tan nerviosa, sin embargo, que conté la verdad, es decir, que me había quedado dormida. Mi vida cambió para siempre porque no oí el despertador. El productor, molesto por mi falta de profesionalidad, frunció el entrecejo aún más cuando me equivoqué con la primera línea del diálogo que debía decir. Me eché a llorar. Entre sollozos, supliqué que me permitieran empezar desde el principio, pero el mal estaba hecho. «¿Quieres o no quieres el papel?», me preguntó tu abuelo unas horas después. Claro que quería que me diesen el papel. ¿Cómo no iba a quererlo si era un papel protagonista con el que borraría a la niña de Chocoflor de la mente de todo el mundo? «He conseguido que el productor acepte volver a verte —dijo tu abuelo a continuación—; no me defraudes». Con estas palabras, tu abuelo selló mi destino. El resto es historia, hijo mío, una historia que un texto escrito con bolígrafo rojo, con una letra casi infantil, amenaza con desenterrar.

«Conozco tu secreto, guarra», leo de nuevo.

Me gustaría regresar al espigón, saltar al mar, volver a hundir la cabeza bajo el agua, pero mi cuerpo está rígido. Hace tiempo que tampoco noto tus movimientos, como si tú también estuvieras petrificado.

Oigo unos pasos cada vez más cercanos.

—¿Qué quieres que almorcemos? —dice tu padre desde el pasillo.

La voz de tu padre rompe mi inacción. Si no quiero perderlo todo, tengo que ser más lista que los soviéticos, tengo que ocultar como sea mi propio accidente de Chernóbil.

Me llevo la nota a la boca, mastico el papel, me obligo a tragar la desagradable pasta de celulosa.

—¿Qué estás comiendo? —pregunta tu padre desde la puerta del dormitorio.

—Unas galletas; sabes que las embarazadas siempre estamos hambrientas —miento.

Una mentira para cubrir muchas otras.

Me das de pronto una patada. Querría quererte, de veras que sí, pero no puedo dejar de considerarte mi enemigo, dos duelistas cara a cara a punto de disparar sus revólveres. ¿Quién apretará primero el gatillo?

Hijo mío, ni por un momento pienses que no tienes parte de culpa.

14

SALOMÓN

Me dio la impresión de que el agua de la bañera estaba demasiado caliente. Cuando sugerí que convendría incorporar un poco de agua fría, tu madre replicó que no, que estaba a la temperatura ideal.

—¿Me estás vigilando porque temes que ahogue a tu hijo? —me reprocha mientras recorre tu cuerpecito con una esponja. Con la otra mano sostiene tu cabeza para mantenerla fuera del agua. Hace tiempo que no dice «mi hijo» o «nuestro hijo», sino «tu hijo», como si de veras estuviera convencida de que el personal del hospital nos dio el niño equivocado.

—Me gusta veros juntos, nada más —respondo.

—Mejor que estar ahí de brazos cruzados, podrías traer tu cámara para sacarme unas fotos.

—Otro día —digo porque es cierto que tengo miedo de dejarte a solas con tu madre, aunque sea durante unos minutos, el tiempo que me llevaría ir a por la cámara.

—Cariño, no seas remolón —insiste tu madre—. ¿Cuánto hace que no me sacas una foto?

—Otro día —vuelvo a decir.

—Otro día —repite ella—; siempre es otro día.

El olor del champú es diferente del habitual para bebés.

—¿Qué champú estás usando? Mira que vas a escocerle los ojos al niño —advierto.

Hijo mío, tu madre me ha mentido de nuevo. He llegado a la conclusión de que, para ella, mentir es tan natural como respirar. Cómo me toca los cojones que me mienta.

Esta tarde entrevistó a una candidata para el puesto de niñera. Ella dice que no necesita ninguna niñera, que cuidar de un bebé no es tan difícil, que está más que cualificada, pero no me dejé convencer. Cuando lloras por las noches, su primera reacción es esconder la cabeza debajo de la almohada para continuar durmiendo. Como tenía una sesión fotográfica que no podía posponer, me aseguré de dejarle a tu madre una lista con las preguntas que debía hacer a la candidata, por ejemplo, si sabía cómo cambiar un pañal o preparar un biberón, cómo hacer para que el bebé expulse los gases, cómo actuar si, de pronto, el bebé vomita o tiene fiebre.

Cuando regresé a casa, tu madre estaba ojeando una revista del corazón.

—¿Contrataste a la candidata? —dije.

—Era una zarrapastrosa —contestó tu madre mientras pasaba las páginas de la revista—. ¿Cómo pretendes que contratemos a una mujer que viste con andrajos? Hasta olía mal. Habría secuestrado al niño para vendérselo a otra pareja.

Estuve tentado de decirle que sabía que estaba mintiendo, que había visto a la mujer, que me había cruzado con ella cuando salió del portal, una señora elegantísima que bien podría haber recibido el título de abuela ideal. Callé, sin embargo, porque no quería discutir con ella. Cada vez que veo a tu madre, siento una gran desilusión, aunque, a decir verdad, el peor desengaño de mi vida fue Ofelia. Me refiero a mi segunda esposa. El día que vi a Ofelia por primera vez, me deslumbró su rostro luminoso, como cuando miras directamente al sol, que corres el peligro de quedarte ciego. Hasta ahora no he conocido a una mujer más guapa. Más guapa que tu madre, sin lugar a duda. Más guapa incluso que Catalina. ¿Qué puedo decir a mi favor? Me enamoré de ella nada más verla. Un flechazo, hijo mío. Cuando crezcas, sabrás a qué me refiero. Qué pena que la flecha estuviese envenenada.

Unas gotas de jabón, de pronto, salpican tus ojos. Contraes el rostro un par de veces antes de echarte a llorar.

Hijo mío, tu llanto revuelve el agua de la bañera hasta crear olas.

—Cállate, basta de lloriquear —exige tu madre, que aparta la mano con la que sostiene tu cabeza para coger un chupete o cualquiera sabe qué. Es evidente que ha perdido los nervios.

Me sobrecojo cuando tu cabeza cae hacia atrás, cuando queda sumergida bajo el agua porque los músculos de tu cuello son aún demasiado débiles. Entretanto, tu madre sigue buscando el maldito chupete sin importarle que estés a punto de ahogarte.

Menos mal que reacciono con prontitud, que consigo rescatarte a tiempo.

—Cada vez que llora, me saca de quicio —vocifera tu madre después de tirar la esponja al suelo.

Hijo mío, me aterra no saber si fue un accidente o si tu madre pretendía castigarte porque estabas llorando.

15

OFELIA

Viernes, 9 de mayo de 1986, 8:45 a. m.

El mar revuelto me salpica el rostro. El viento me abofetea con el apasionamiento de un amante despechado. Las dunas bailan a mi alrededor como brujas celebrando un aquelarre. Con la lengua, barro la arenilla de los labios, mezclada con granos de sal.

Me marché sin despertar a tu padre porque no quería estar dando explicaciones. Me marché también sin un plan. Con las zapatillas de deporte sucias que, esta vez, sí estaban donde las dejé el miércoles, debajo de la cama. Casi despierto a tu padre cuando me agaché para buscarlas. Entreabrió los ojos para palpar mi lado de la cama, pero volvió a cerrarlos tras apartar las sábanas con un pie.

Me apresuro a llegar a la playa, aunque no sé por qué tengo tanta prisa. Me refiero a la playa de guijarros donde me encontré con el loco cuando fui caminando a Caleta de Sebo. Creo que es el lugar donde pasa las noches porque recuerdo haber visto un saco de dormir. Las probabilidades de que vuelva a toparme con él son bajísimas, pero necesito saber por qué me dejó la nota. Si es que fue él. «¿Cuándo vas a aprender que es preciso coger el toro por los cuernos?», me reprendió tu abuelo una de las últimas veces que nos vimos. Hijo mío, es hora de coger el toro por los cuernos. Esta vez no quiero arrepentirme de haber reaccionado demasiado tarde.

Las olas remueven los guijarros de la playa con cada embestida. Es el mismo sonido que produciría alguien agitando un vaso lleno de canicas. Eso sí, un vaso enorme lleno de canicas enormes.

El loco no está por ningún lado. Claro que no está, dirías si no estuvieses dormido. Estarás durmiendo porque aún no me has dado ninguna patada, pero no tengo más remedio que despertarte.

Con los puños a los costados, me pongo a gritar como una descosida. Grito al mar, al viento, a las dunas. Grito hasta que oigo un alarido más propio de una bestia que de un ser humano.

El responsable del alarido es el loco, que me observa desde la cima de una duna. Todavía lleva puesto el vestido amarillo que me robó, aunque menos amarillo que el día anterior por culpa del polvo. El vestido está arrugado, como si hubiera dormido con él.

Cuando paro de gritar, el loco calla también.

Cuando me protejo los ojos con la mano derecha porque el sol me ciega, el loco hace el mismo gesto pese a que tiene el sol de espalda.

Cuando me acaricio la barriga con la mano izquierda porque acabas de despertarte, el loco repite mis movimientos una vez más.

—¿Quién eres? —pregunto.

—¿Quién eres? —dice el hombre como si fuera un loro amaestrado.

—¿Me escribiste una nota después de robarme el vestido?

—¿Me escribiste una nota después de robarme el vestido?

Me encamino hacia la duna, pero me detengo tras dar tres pasos. El loco, a su vez, también da tres pasos hacia mí hasta que solo nos separan unos pocos metros. Quizás debería retroceder, aumentar la distancia entre los dos. Un loro, a fin de cuentas, podría sacarle los ojos a su propietario, esté o no amaestrado.

—Si tu intención es chantajearme, ¿cuánto quieres por tu silencio? —digo con voz cada vez más impaciente.

—Si tu intención es chantajearme, ¿cuánto quieres por tu silencio? —repite el hombre, palabra por palabra.

El loco, de repente, corre hacia mí, acorta la distancia que nos separa hasta colocarse tan cerca que puedo oler su sudor rancio, contar los pliegues de su rostro acartonado. Me muestra una hoja arrugada, una página arrancada de una revista, con una fotografía que me sacaron hace varias semanas. Casualidad o no, ese día me fotografiaron con el mismo vestido amarillo que ahora lleva puesto él. «La niña de Chocoflor, orgullosa de su embarazo», reza el titular. ¿Orgullosa?, no me hagas reír. El rostro de la fotografía está emborronado con tinta azul. Con tachones tan profundos que han resquebrajado el papel. Mi rostro, hijo mío.

El loco ríe a carcajadas mientras agita la hoja de revista delante de mi cara. Las dunas detienen su alocado baile de brujas, el viento deja de abofetearme, el mar enmudece para contemplar la fotografía que el loco no para de sacudir de un lado a otro.

Casi me echo a reír también. He intentado coger el toro

por los cuernos, pero el toro ha podido conmigo.

—¿Qué he hecho para que me odies tanto? —susurro con una voz ronca que he tenido que pescar de mi garganta con anzuelo.

El loco da otro paso hacia mí. Con levantar un poco el brazo, podría tocarme. Me estremezco con solo imaginar su mano rugosa posada sobre mi barriga. ¿Qué me está ocurriendo que mi cuerpo no me obedece? El cuerpo es una de las principales herramientas de un actor, pero no tengo control sobre él, qué ironía.

—Cuidado con el mal espíritu que ronda a tu alrededor —dice el hombre cuando para de reír.

—¿Qué mal espíritu?

El loco besa la fotografía antes de doblarla por la mitad. Creo que está a punto de contarme algo, pero un dolor repentino me ciega, un dolor que parte de mi abdomen hacia el resto de mi cuerpo como los radios de una rueda.

Caigo al suelo igual que un espantapájaros sin soporte. Una oscuridad absoluta me envuelve, como si alguien hubiera apagado de pronto el sol.

Cuando abro de nuevo los ojos, el rostro que veo es el de una mujer de mediana edad con una sencilla toca azul.

—Querida, bienvenida al mundo de los vivos —dice la mujer.

Me llevo una mano al brazo izquierdo porque noto una presión: el manguito de un tensiómetro.

—Tienes la tensión un poco baja —explica la mujer antes de quitarme el manguito.

¿Una monja? Una camisa de color azul claro. Un chaleco de un azul más oscuro, a juego con la toca. Una falda del mismo color que el chaleco. Una monja, sí.

—¿Qué ha pasado? —murmuro.

—Me temo que no hubo más remedio que traerte al consultorio con una carretilla porque el todoterreno de Clemente no podía acceder al lugar donde perdiste el conocimiento.

¿Un consultorio? Una habitación pequeña que huele a desinfectante. Un armario de cristal con medicamentos. Una lámpara de pie de color metálico. Un consultorio, sí.

Me acuerdo de que el cabo Castillo dijo que una monja hacía de enfermera siempre que el médico estaba ausente. Cuando cruzo el brazo derecho sobre la barriga, me percato de que me han insertado una vía intravenosa. La bolsa de suero cuelga casi vacía a mi lado.

—¿Cómo supieron dónde estaba? —pregunto.

Me sujeto al borde de la camilla para incorporarme, pero tengo que volver a acostarme porque me mareo. Me cuesta imaginarme siendo transportada con una carretilla, como si fuera una pila de ladrillos. Qué imagen más poco glamurosa. «La peor humillación de la niña de Chocoflor». El país entero compraría la revista que publicase una fotografía conmigo dentro de una carretilla.

—Es mejor que descanses un poco más antes de intentar levantarte —recomienda la monja con un rostro que exuda amabilidad, aunque supongo que es así con el rostro de todas las monjas.

—¿Cómo supieron dónde estaba? —pregunto de nuevo.

—Un vecino dio la voz de alarma.

—¿Qué vecino?

—El bueno de Genaro, que pese a que está un poco mal de la cabeza e incluso va con un taparrabos, es un encanto de persona.

—El bueno de Genaro es un desequilibrado, es un hombre peligroso —bramo tras acordarme de la fotografía con mi rostro tachado.

La monja da un paso atrás. Me arrepiento de inmediato de haber alzado la voz. Una monja es como un muñeco de peluche. ¿Qué clase de desalmado gritaría a un muñeco de peluche?

—Genaro no haría daño ni a una mosca —dice la monja que, por primera vez, exuda algo más que amabilidad. Como si me reprochara por hablar mal de un miembro de su familia.

—¿Cuánto tiempo he estado inconsciente?

Empleo un tono conciliador porque quiero que el rostro de la monja recupere su cariz amable inicial.

La monja mira el reloj que cuelga de una de las paredes, al lado de un almanaque.

—Casi una hora, son cerca de las diez de la mañana —dice —. Un médico sustituto vendrá a la isla el próximo lunes; deberías concertar una cita con él para asegurarte de que tu embarazo va bien. Con la desaparición de la doctora Hilaria, estamos un poco desatendidos. Cómo deseo que aparezca cuanto antes para que todo vuelva a la normalidad.

—¿Conocía a Hilaria?

—Claro; ocupa la plaza de médico desde el año pasado.

Un miembro más de la familia, supongo, como el bueno de Genaro.

La monja, de pronto, dirige la mirada hacia la puerta del consultorio.

—Casi me olvido; alguien está esperando fuera desde hace un rato porque quiere verte.

La monja abre la puerta para dejar pasar a un hombre.

Cierro los ojos un momento cuando reconozco al falso

vendedor de enciclopedias, que entra con el halo de un pájaro de mal agüero. Hijo mío, es la última persona que deseo ver.

El falso vendedor espera unos segundos hasta que la monja abandona la habitación.

—Correrás el mismo destino que mi hermana a menos que dejes a tu marido —dice sin más.

Si esta fuera una película de vaqueros, interpretaría el papel de pistolero que dispara antes de hablar.

—¿Qué crees que mi marido hizo a tu hermana? —pregunto.

—Mató a Catalina, aunque aún no puedo demostrarlo.

—Mi marido no ha matado a nadie.

He vuelto a alzar la voz, igual que antes.

La monja regresa con una nueva bolsa de suero.

—Compórtense como personas civilizadas, sin gritar —nos amonesta, con el mismo tono que usaría para sermonear a unos chiquillos que han cometido una travesura.

El falso vendedor aún no ha acabado con su perorata, pero desiste porque es evidente que no quiere decir nada más delante de la monja.

—Quedas avisada —masculla antes de marcharse.

La monja cambia una bolsa de suero por otra. Menea la cabeza con gesto contrariado mientras me mira de refilón.

—Enfadarse es malo para el bebé —me advierte.

Hago oídos sordos porque mi preocupación es otra. El loco del taparrabos, ¿conoce o no mi secreto? El falso vendedor, ¿es un aliado o un enemigo? Hilaria, ¿está desaparecida o muerta? Catalina, ¿cómo murió? Con respecto a tu padre, hijo mío, ¿es inocente o quiero que sea inocente?

Cualquiera de estas preguntas podría hacer añicos mi escudo.

16

OFELIA

Viernes, 9 de mayo de 1986, 2:30 p. m.

El ruido que hace el ventilador de pie me produce dentera, pero no tengo fuerzas ni para apagarlo. Un vecino de Caleta de Sebo me acaba de traer a casa después del susto de esta mañana. Clemente estaba pescando, pero siempre deja su todoterreno con las llaves puestas por si alguien necesita usarlo.

—Comes fatal, bebes más café del que deberías, hace tiempo que no tomas las vitaminas que recetó el ginecólogo. ¿Quieres tan poco a nuestro bebé? —dice tu padre, de pie bajo el bombillo apagado del salón. Es tan alto que, con solo ponerse de puntillas, golpearía el bombillo con la cabeza.

Una pregunta con trampa, hijo mío, así que no respondo. Es la primera vez que echo de menos el televisor. Si tuviéramos uno, podría sentarme frente al aparato, colocar las piernas sobre una butaca acolchada, fingir que no oigo la voz de tu padre mientras el presentador del telediario informa del accidente de Chernóbil o de cualquier otra catástrofe. Como no tenemos televisor, ¿qué puedo hacer para disimular? Quizás podría ponerme a leer uno de los libros pretenciosos del propietario de la casa, pero los títulos con letras doradas me desaniman. Opto por coger la cámara fotográfica de tu padre, que está sobre la mesita del salón.

—Cariño, sácame una foto —digo mientras ofrezco la cámara a tu padre.

—Coloca la cámara donde estaba —advierte tu padre—; sabes que es mi herramienta de trabajo, que no me gusta que juegues con ella.

—Hace tiempo que no me fotografías —me quejo, pero no quiero que me explique el motivo. ¿Qué ocurriría si dice que el problema es que él, que es capaz de extraer la belleza de cualquier objeto, paisaje o individuo, ha dejado de considerarme hermosa?

Sin obedecer a tu padre, guiño un ojo para mirar a través del visor de la cámara. Ojalá el mundo pudiera verse siempre a través de un visor. Un fotógrafo, si ese es su deseo, puede enfocar solo las cosas bonitas, dejar las cosas feas fuera del encuadre.

—Coloca la cámara donde estaba —repite tu padre, pero no obedezco, sino que busco su rostro a través del visor hasta encontrarlo.

—He conocido a tu excuñado —digo mientras acaricio el disparador de la cámara.

—¿Mi excuñado?

—Sí, tu excuñado, el hermano de tu primera mujer, de Catalina.

—¿Has hablado con él? —gruñe tu padre antes de arrebatarme la cámara.

Me miro las manos, que han quedado vacías, hasta que por fin decido colocarlas sobre mi barriga.

—Hemos intercambiado impresiones alguna que otra vez —aclaro.

—Me imagino que habló contigo para calumniarme, pero no creas ni una sola de sus palabras, es un mentiroso.

—¿Otro mentiroso? Con solo ponerle un techo, esta isla podría promocionarse como un hotel exclusivo para mentirosos —digo tras soltar un resoplido.

—Cómo disfrutas con el melodrama; supongo que por eso eres actriz.

Las aspas del ventilador continúan gimiendo igual que un animal moribundo. Habría que darle el toque de gracia, aliviar su dolor de alguna forma.

—Hace tiempo que quiero preguntarte algo —dice tu padre después de poner la cámara sobre la mesita—: ¿por qué no quieres a nuestro bebé?

—¿Cómo puedes preguntarme eso? ¿Qué madre no querría a su hijo? —replico con voz airada.

Me quedo quieta mientras tu padre da dos pasos hacia mí con la misma precaución que exhibiría un domador ante el más fiero de sus leones. Quizás debería usar una silla para protegerse. Hijo mío, ¿sabes por qué el domador emplea una silla durante sus actuaciones? Una vez leí que es para distraer al león.

—Existen madres que no quieren a sus hijos —afirma tu padre.

—Quizás existan madres así, pero no es mi caso —protesto mientras tu padre continúa acortando la distancia que nos separa para abrazarme con fuerza. El domador ha sabido cómo mantener distraído al león, aunque no con una silla, sino con palabras hirientes.

—¿Quieres saber cuáles han sido los dos momentos más

felices de mi vida? El primero, cuando me pediste que me casara contigo. El segundo, cuando me dijiste que estabas embarazada —susurra tu padre mientras sus brazos me mantienen inmovilizada—. Si amaras a nuestro bebé como me amas a mí, seríamos la pareja más dichosa del mundo.

Hijo mío, no fue tu padre quien me pidió que me casara con él, sino al revés. «Cásate conmigo», sugerí a tu padre pocas semanas después de conocernos, enredados entre sábanas sudorosas que olían a sexo. Él dijo que sí antes de apretar su boca contra la mía como si quisiera extraerme todo el jugo hasta dejarme seca. ¿Qué clase de hombre aceptaría casarse con una mujer sin apenas conocerla? Organizamos una boda civil con solo dos testigos para no atraer la atención de los periodistas. «¿Crees que es el hombre adecuado?», me preguntó tu abuelo antes de que diera el sí quiero. «¿Conoces a un candidato mejor?; si es así, ¿a qué esperas para presentármelo?», contesté sin saber aún que mi luna de miel iba a durar más bien poco.

El maldito ventilador no para de gemir. Si al menos refrescara el cuarto, podría obviar el molesto ruido, pero solo sirve para mover el polvo de un lado a otro.

Me siento tan cansada que dejo caer la cabeza sobre el pecho de tu padre. Uno de los botones de su camisa me raspa la frente.

—¿Hiciste algo malo a Hilaria? —digo, pese a que, de inmediato, me arrepiento de haber hecho esta pregunta.

Los brazos de tu padre me estrujan tanto que me cuesta respirar.

—Suéltame, me estás haciendo daño —suplico, pero tu padre no me libera.

Hijo mío, por primera vez siento miedo de tu padre. Miedo de verdad porque su achuchón es una celda sofocante.

Mi único plan de escape es morder la carne de su brazo con todas mis fuerzas, hasta que mis dientes marquen su piel.

El plan funciona, porque tu padre suelta un grito antes de dar un paso atrás. Me mira con incredulidad, como si nunca hubiera esperado que reaccionara de esta forma, pero es que el domador no puede despistarse ni un segundo.

—¿Hiciste algo malo a Hilaria? —repito.

—¿Qué cojones dices de Hilaria?

Me olvido de tu padre para encaminarme hacia el ventilador porque el ruido de las aspas me está volviendo loca. Me agacho para arrancar el cable del enchufe, con tanto ímpetu que el aparato cae hacia delante hasta estrellarse contra el suelo.

Sin haber borrado aún el gesto de incredulidad de su rostro, tu padre enchufa de nuevo el cable. Cuando pulsa el interruptor, no ocurre nada.

—Has roto el ventilador —dice con voz acusadora.

Hijo mío, tu madre también está rota. Quizás algunas cosas, una vez rotas, sean imposibles de arreglar.

Un movimiento tras una de las ventanas capta de pronto mi atención. El cristal está sucio, pero reconozco el pelo cardado de nuestra queridísima vecina alemana. ¿Cuánto tiempo ha estado observándonos?

17

OFELIA

Viernes, 9 de mayo de 1986, 2:50 p. m.

Odio a los fisgones, así que me encamino hacia la puerta para cantarle las cuarenta a la vecina. Si fuera la primera vez que nos espía, podría pasarlo por alto, pero quién sabe cuántas veces habrá venido a husmear sin ser descubierta. Me olvido del ventilador roto. Me olvido de tu padre. Me olvido del cansancio que sentía hasta hace unos segundos. Cuando salgo, veo a Gertrud dirigiéndose hacia el espigón. Hijo mío, parece mentira que una mujer con esa corpulencia sea capaz de andar a tanta velocidad. Corro como puedo detrás de ella mientras me sujeto la enorme barriga con las manos. O más bien debería decir que troto como puedo.

El mar vuelve a estar revuelto. Las olas golpean el espigón con la misma furia que bulle dentro de mí.

—¿Qué hacías espiándonos por la ventana? —grito porque el ruido del mar es ensordecedor.

Gertrud gira sobre sus talones para mostrarme un táper

transparente con la tapa azul. El viento ha revuelto su pelo cardado.

—Quería traeros un pedazo de sancocho que me sobró del almuerzo —aclara la mujerona.

Una ola me salpica el rostro. Qué frías están las gotas. Quizás deberíamos alejarnos unos metros del borde del espigón, pero el enfado mantiene mis pies clavados al suelo.

—Si es cierto que venías a traernos comida, ¿por qué no tocaste a la puerta? —digo.

—Claro que es cierto; sin embargo, no me atreví a molestaros.

Gertrud me ofrece el táper como si fuera una pipa de la paz, pero pega un chillido antes de que pueda coger el recipiente. Con el propio táper, señala un bulto que ha quedado atrapado entre las rocas de la cala contigua al espigón. Me acuerdo del tronco que avisté desde el barco que nos trajo a la isla, del tronco que confundí con una persona ahogada o a punto de ahogarse.

Esta vez, el bulto atrapado entre las rocas no es un tronco. Un tronco no posee una melena negra que flota como una manta deshilachada. Un tronco no va vestido con un traje floreado. Un tronco no puede perder los zapatos.

Las olas juegan con el cuerpo —porque no me cabe duda de que es el cuerpo de una mujer— con el mismo desdén que mostraría un desalmado que apalea a un perro por placer. El cuerpo está bocabajo, pero no necesito ver su rostro para saber quién es.

Si mi vida fuera una película, esta sería la escena álgida. ¿Qué música sonaría de fondo?

«¿Cómo pudiste hacerme esto a mí?», tarareo.

La voz de Alaska suena dentro de mi cabeza, pero no sé si

algún director de cine elegiría una canción de esta cantante como acompañamiento. Más bien, optaría por el chirrido de un violín.

Una ola gira a medias el cuerpo, de forma que el rostro hinchado de la mujer surge de debajo del agua. Con la piel hecha trizas. Con los labios azulados. Con los ojos abiertos como los de un niño tras abrir su regalo de cumpleaños.

Mi corazón late tan fuerte que puedo oírlo. Me falta el aliento. Creo que tengo las manos entumecidas porque me cuesta flexionar los dedos. Me doblo por la mitad para vomitar, pero mi estómago está vacío; solo escupo una baba amarga que no alivia las náuseas que siento.

Cuando levanto de nuevo la mirada, el rostro del cadáver sigue a la vista. Un rostro que sé que pertenece a Hilaria, pese a que los cangrejos han picoteado la carne de las mejillas hasta hacerlo casi irreconocible. Hasta distingo la tirita que cubre la herida de su sien, a punto de despegarse. Es la herida que sufrió como consecuencia de la pedrada del loco. ¿Qué aspecto tendrán las víctimas del accidente de Chernóbil? Cuerpos con ampollas, con la piel quemada, con los órganos podridos. El aspecto de un ahogado es igual de horrendo.

Hijo mío, no sé cómo, pero por fin consigo desviar la mirada del rostro de Hilaria. La muerte despoja a los cadáveres de cualquier huella de humanidad, solo deja por detrás un cascarón vacío.

Miro hacia el lugar donde está nuestra casa, hacia tu padre, que está de pie al lado de los huesos de ballena.

—Hilaria está muerta —vocifero mientras señalo el lugar entre las rocas donde está atrapado el cadáver, pero tu padre permanece quieto. Me esfuerzo para creer que es la inmovilidad de un espectador, no del culpable.

Quien corre hacia mí es Dalila, que acaba de salir de la vivienda de los alemanes. ¿Cuántas veces a la semana viene a limpiar su casa? Creía que solo los jueves, pero quizás los alemanes sean unos maniáticos de la limpieza. Hijo mío, sé bien que mi mente divaga por extraños derroteros para olvidar el rostro hinchado de Hilaria.

Me siento mejor cuando Dalila me arropa. Qué diferencia con el abrazo que me dio tu padre. El cuerpo de Dalila es tan reconfortante como un vaso de leche caliente antes de irse a dormir.

—Conmigo a tu lado, verás que todo irá bien —me susurra al oído mientras me acaricia la espalda con una mano.

Quiero creer que sí, que todo irá bien. Quiero creerlo con la convicción de un fiel que escucha las palabras de un profeta, pero me temo que tu madre, hijo mío, nunca ha sido la mejor de los fieles. ¿Cómo podrá ir todo bien cuando la mujer que tu padre acompañó a su casa ha aparecido muerta?

Hijo mío, repite conmigo: tu padre es inocente.

Una humedad, de pronto, me baja por la cara interna de los muslos. Me aparto de Dalila para mirarme las piernas. Con el ceño fruncido, alzo el borde de la camisola que me puse esta mañana.

—Es sangre —exclama Dalila mientras señala los chorretes rojos que empapan mis muslos, como pinceladas de pintura aguada.

—Es normal durante el embarazo —procuro tranquilizarla, pero no sé si me creerá.

18

OFELIA

Lunes, 12 de mayo de 1986, 11:00 a. m.

El médico sustituto es un hombre joven con unas gafas gruesas, de culo de botella.

—Corre el riesgo de un parto prematuro —indica después de auscultarme la barriga—; mi consejo es que minimice el ejercicio físico para evitar acelerar el parto, pero no estaría de más que acudiese a un ginecólogo cuanto antes. La opinión de un especialista siempre será más válida que la de un médico de familia.

—¿Quiere decir que debería pasarme el resto del embarazo acostada sin hacer nada?

—Cuando más reposo haga, menos peligro habrá para el bebé.

El médico guarda el estetoscopio, más bien una trompetilla, dentro de su maletín negro. Es una visita a domicilio porque tu padre, desde el viernes, me trata como a una inválida.

—Hemos venido a la isla de vacaciones. ¿Cree que el viaje

de vuelta será seguro para mi mujer? —pregunta tu padre, de pie al lado de la cama. Quiere que nos marchemos mañana mismo, si es posible.

—Mientras el viaje sea cómodo, no debería haber ningún problema —confirma el médico.

Hijo mío, el médico me está pidiendo que, por tu bien, no corra ningún riesgo innecesario. Esta será la segunda vez que salve tu vida. Has de saber que tu abuelo quiso que abortara porque, entre otras cosas, estaba convencido de que el parón del embarazo acabaría con mi carrera. Como el aborto era ilegal hasta el año pasado, tu abuelo decidió enviarme a Londres. Me recogerían nada más llegar al aeropuerto de Heathrow para llevarme a una clínica del extrarradio.

El día de mi vuelo a Londres, tu abuelo me dejó frente a la puerta de salidas del aeropuerto.

—Me gustaría que me acompañaras —supliqué sin saber si bajarme o no del coche.

—Esto es cosa de mujeres, hija, mi presencia no sería más que un incordio —contestó él.

—Es la decisión correcta, ¿verdad? —murmuré con un pie fuera del coche. Un frío paralizante que poco o nada tenía que ver con las bajas temperaturas del mes de noviembre me atenazó el cuerpo.

—Es la decisión correcta —confirmó tu abuelo—; hazme caso, tener un hijo no es como ir al supermercado a comprar pan.

El vuelo fue una pesadilla, para qué mentir. Me hubiera gustado abofetear a las azafatas para borrar la sonrisa congelada de sus rostros. Cuando, tras recoger la maleta de la cinta transportadora, vi a un hombre gordo con un cartel que ponía mi nombre, hui sin mirar atrás hasta alcanzar la fila interminable de taxis negros aparcados frente a la puerta de llegadas del aeropuerto. Me pasé ese día paseando por el centro de Londres sin prestar atención a la temprana decoración navideña de los escaparates.

Como ves, hijo mío, no regresé sola a Madrid, sino contigo dentro de mí.

Un empleado de la clínica llamó a tu abuelo para decirle que no me había presentado a la cita. Qué pena que no vieras el gesto de desagravio de tu abuelo cuando me fue a recoger al aeropuerto. «Hablé con el equipo de tu próxima película para convencerles de que retrasen el comienzo del rodaje hasta el otoño —me dijo nada más verme—; si no, mira a ver con qué cara ibas a presentarte delante del director con un barrigón».

Quizás pienses que mi decisión de no abortar fue un acto de amor. Qué iluso eres. Si tu abuelo me hubiera implorado que continuase con el embarazo, ten por seguro que no habría faltado a la cita con la clínica. Cruel, ¿verdad?, pero no quiero mentirte. Con mi desobediencia, había encendido la primera chispa de la revolución. Que sepas que imperios más poderosos han caído por menos. Mi revolución, sin embargo, duró más bien poco. Unos días después me casé con tu padre. Estaba embarazada de ocho semanas, pero nadie podría haberlo deducido porque mi vientre aún no había empezado a abultarse.

¿Cuántos pecados podré canjear por salvar una vida? ¿Uno, dos, tres?

El médico de gafas gruesas me prescribe no sé qué medicamento antes de despedirse. Es un medicamento, creo, para promover la madurez de tus pulmones.

Me pregunto qué me hubiera recetado la doctora Hilaria de seguir con vida, si me habría aconsejado también que reposara. Con el descubrimiento de su cadáver, el cabo Castillo regresó a la isla, aunque acompañado esta vez por otros tres guardias civiles. El guardia civil más joven vomitó nada más ver el cuerpo hinchado, pero no sé si fue por el olor a carne descompuesta o porque aún estaba mareado por el meneo del barco. Este guardia civil joven es el mismo que vino con el cabo Castillo cuando nos interrogó por primera vez. Como ambulancia para transportar el cuerpo, usaron el todoterreno de Clemente. La camilla no cupo porque los asientos no podían echarse hacia delante, así que tuvieron que conducir hasta Caleta de Sebo con el portón trasero abierto. Los pies de Hilaria quedaron fuera, igual que quien regresa a casa de sus padres para descubrir que la cama donde durmió de niño es demasiado pequeña.

El cabo Castillo me interrogó de nuevo el viernes por la tarde. Como también volvió a interrogar a tu padre, a nuestros vecinos alemanes, incluso a Dalila. El guardia civil estaba más gordo, aunque es posible que su uniforme hubiera encogido. Esta vez usó una libretita para tomar notas. Cada dos por tres chupaba la punta del bolígrafo como si fuera una barra de regaliz. Sus preguntas fueron igual de veloces que las ráfagas de una ametralladora, quizás porque no quería darme tiempo para pensar las respuestas. «¿Qué hora era cuando salió de su casa?», «¿cuál fue el motivo de que fuera al espigón?», «¿quién vio primero el cuerpo, su vecina o usted?», «¿movieron el cuerpo?», «¿quién más estaba presente?».

Cuando el cabo Castillo presionó el clic del bolígrafo para guardárselo dentro del bolsillo, me atreví a hacerle una pregunta.

—¿Cómo murió?

—Murió ahogada —aclaró el guardia civil—, aunque esta es solo mi conjetura tras ver el cadáver.

—¿Un accidente?

—Sin el informe del forense no podremos confirmar si fue un accidente, un suicidio o un homicidio —dijo sin mojarse, pero sospecho que está convencido de que alguien mató a Hilaria.

El médico sale del dormitorio acompañado por tu padre. Me quedo sola. El cuarto es una prisión de paredes blancas. Una prisión dentro de una prisión dentro de una prisión. Mi carcelero eres tú, hijo mío, quien posee las llaves de cada una de las puertas, aunque incluso si consiguiera escapar, no sé dónde podría ir.

Me giro a medias para estar más cómoda. Cojo la almohada de tu padre para colocármela entre las piernas, pero me quedo paralizada porque un recorte de periódico cae del interior de la funda. El titular de uno de los artículos llama de inmediato mi atención:

«La muerte persigue a la niña de Chocoflor hasta la isla de La Graciosa, donde disfruta de unas merecidas vacaciones».

El artículo está ilustrado con una fotografía que me sacaron delante de la iglesia, con las zapatillas de deporte polvorientas. Es la fotografía que me hizo el falso vendedor de enciclopedias el día que fui caminando a Caleta de Sebo, no me cabe ninguna duda. ¿Cuánto dinero habrá recibido el maldito por venderla? El texto del artículo es aún más alarmante:

«Según fuentes cercanas a la investigación, fue la propia Ofelia Castro quien descubrió el cadáver de Hilaria Hernández, desaparecida desde el pasado dos de mayo. La guardia civil sospecha que su marido, Salomón Gil, conocido fotógrafo de celebridades, puede haber tenido algo que ver con dicha desaparición».

Una prisión dentro de una prisión dentro de una prisión. Una prisión que cada vez mengua más, con las paredes tan pegadas a mí que están a punto de aplastarme. ¿Qué ocurriría si un periodista decidiera tirar del hilo? Un secreto tras otro saldría a la luz. Mi escudo volaría por los aires.

19

OFELIA

Martes, 13 de mayo de 1986, 10:15 a. m.

Me aburre estar de reposo, pero me quedo acostada como ordenó el médico. Quizás porque el aburrimiento está a punto de volverme loca, abro el cajón de la mesilla de noche para ver qué sorpresas encuentro. Me había olvidado de que escondí el recorte de periódico dentro del cajón. Me refiero al recorte de periódico que vincula a tu padre con la muerte de Hilaria. Me había olvidado también del bolígrafo de Hilaria, que rueda hasta la parte de delante. El bolígrafo que nunca podré devolver porque su propietaria está muerta. Cierro el cajón para enterrar tanto el recorte de periódico como el bolígrafo.

Menos mal que es el día que Dalila viene a limpiar. Cuento los minutos hasta que oigo cómo golpea la puerta del dormitorio con los nudillos. Me apresuro a indicarle que pase.

Dalila entra de puntillas. Quizás piense que el ruido de sus pasos podría ocasionarme un parto prematuro. Como el martes anterior, está escuchando música, aunque esta vez con un *walkman* que no es el mío.

—¿Es mucha molestia si cambio las sábanas? —dice con los auriculares puestos.

Cualquier excusa es buena para levantarme de la cama.

Dalila quita las sábanas sucias antes de vestir la cama con unas limpias que huelen a suavizante. Mientras trabaja, tararea una canción.

—Quédate conmigo un rato —ruego cuando está a punto de irse con las sábanas sucias.

—Es mejor que me marche; tu marido me ha dicho que necesitas reposo —dice ella tras separar un poco los auriculares de las orejas.

Me acuesto de nuevo, con la espalda contra el cabecero. La cama rechina cada vez que me muevo. Hace unos meses, cuando pesaba poco más de cincuenta kilos, la cama no hubiera ni rechistado.

—Charlemos un poco, que me muero de aburrimiento —insisto—. Mi marido no pondrá objeciones mientras esté acostada.

Dalila coloca las sábanas sucias sobre una silla antes de sentarse a mi lado. La maldita cama, claro, no emite ni un quejido porque la otra mujer es peso pluma.

—¿Qué estás escuchando? —pregunto.

Dalila me ofrece los auriculares para que me los ponga.

—Mi canción favorita —aclara.

Cuando me coloco los auriculares, la música me deja casi sorda. «¿Cómo pudiste hacerme esto a mí?», canta Alaska.

—También era mi canción favorita hasta hace poco —digo mientras bajo un poco el volumen, que está demasiado alto.

—¿Hasta hace poco? ¿Qué ha ocurrido para que deje de gustarte?

Callo porque no sé qué responder. ¿Cómo explicarle que,

el día que descubrí el cadáver de Hilaria, esa fue la canción que sonó dentro de mi cabeza?

—Con estos reproductores de música —añade Dalila—, puedes hacer avanzar o retroceder el casete para escuchar cualquier otra canción.

Dalila pulsa uno de los botones del aparato para hacer avanzar la cinta del casete. «¿Dónde está nuestro error sin solución?», canta Alaska esta vez.

—Ojalá pudiéramos hacer eso mismo con nuestras vidas —digo mientras escucho el estribillo de la canción—; darle para adelante cuando queramos que un mal momento pase deprisa o darle para atrás cuando nos gustaría cambiar algo de nuestro pasado.

—¿Qué querrías hacer con tu vida, darle para adelante o para atrás?

—Me gustaría hacer ambas cosas —contesto después de sacarme los auriculares para devolvérselos a Dalila.

Me das una patada, hijo mío, porque supongo que quieres ser partícipe de la conversación. ¿Cuándo vas a aprender que tres son multitud?

—El bebé acaba de darme una patada. ¿Quieres poner la mano sobre mi barriga por si da otra? —sugiero.

Dalila levanta el brazo derecho, pero no para tocarme el vientre. Las puntas de sus dedos quedan a pocos centímetros de mi rostro, como si esa distancia insignificante fuera más insalvable que el kilómetro que separa La Graciosa de Lanzarote.

—Si me das permiso, preferiría acariciarte la cara —dice.

—La gente siempre quiere tocarme la barriga para sentir las patadas del bebé.

—La gente es estúpida —declara Dalila con los dedos un poco más cerca de mi rostro—. ¿Me das permiso?

Cuando asiento con la cabeza, Dalila me acaricia la cara con una ternura arrolladora. Hace tiempo, mucho tiempo, que nadie me toca de esa manera. Cierro los ojos para no sentir otra cosa que no sea sus caricias. Uno de sus dedos viaja por mi mejilla, por mi mentón, hasta alcanzar la otra mejilla.

—Hubiera preferido que cualquier otra persona encontrase el cadáver de Hilaria —musito—. Es la primera vez que veo a un muerto.

—Cuesta olvidar la primera vez que uno ve a un muerto. Hace unos meses hallé a mi madre muerta, una mañana que fui a visitarla porque vivía sola —relata Dalila.

—Qué horror —digo tras abrir de nuevo los ojos.

—Murió mientras dormía —señala Dalila, aunque este detalle no alivia el espanto que siento.

Dalila deja de acariciarme el rostro. Cuando su mano cae sobre la cama igual que un pájaro herido, casi no puedo resistir la tentación de pedirle que continúe con sus caricias.

—Tengo miedo —confieso.

—¿Miedo de qué?

—Tengo miedo de que mi marido sea el culpable de la muerte de Hilaria —me esfuerzo por decir, pese a que cada una de estas palabras es un cuchillo que me rasga la garganta.

Hijo mío, dime, ¿por qué no habría de compartir mis temores con esta mujer que quiere ser mi amiga? Es la primera vez que me atrevo a expresar el enorme desasosiego que me aflige. Hasta hace unos días, ni se me hubiera ocurrido pensar que tu padre pudiese ser capaz de matar a alguien, pero si he de ser sincera, no sé qué tipo de persona es. ¿Qué sé de él? ¿Qué sabe él de mí? Conoces nuestra historia: nos sentimos atraídos el uno por el otro, echamos varios polvos, contrajimos matrimonio a toda prisa. ¿Cuántas veces debo repetirme a mí misma que es inocente para que sea verdad? ¿Cien, mil, un millón de veces?

—Tu marido nunca mataría a nadie —dice Dalila.

Me preocupa que sus palabras suenen más a una pregunta que a una afirmación.

—Eso mismo me digo desde que encontramos el cuerpo de Hilaria, que nunca mataría a nadie, que no es un asesino.

Dalila me mira a los ojos.

—La noche que desapareció la doctora Hilaria, salí a la calle a fumarme un cigarrillo; serían poco más de las tres de la madrugada —revela.

—El cabo Castillo mencionó que una vecina vio a Hilaria más o menos a esa hora.

—¿Sabes quién es esa vecina o dónde vio a la doctora Hilaria?

Con pesar, niego con la cabeza.

Dalila calla unos segundos, como si sopesara qué decir a continuación. Cómo son las cosas; incluso si quisiera desviar la mirada, no podría porque los ojos de Dalila me mantienen atrapada. Me acuerdo de las dos mil moscas glotonas que murieron después de posarse sobre un panal de rica miel.

—Estuve diez o quince minutos delante de la puerta de mi casa hasta que terminé de fumarme el cigarrillo —dice por fin —. Cuando me disponía a regresar a la cama, oí unas voces. Clemente estaba discutiendo con la doctora Hilaria frente a la venta.

—¿La casa donde vives está cerca de la venta?

—Está suficientemente cerca para oír sus voces, pero no para saber de qué discutían. Hacía viento, además.

—Es posible que Clemente fuera la última persona que vio a Hilaria con vida —comento.

Un movimiento me distrae. Una cucaracha está paseándose por el suelo como si no corriera peligro de morir aplastada bajo el zapato de una de nosotras.

—Solo necesito tu consentimiento para que esto que acabo de contarte sea verdad —apunta Dalila.

Me olvido de la cucaracha para mirar de nuevo a Dalila. Claro que quiero que sea verdad, hijo mío, porque significaría que tu padre es inocente, que mi escudo continuaría estando indemne, pese a las preocupantes fisuras.

—Cenamos con Hilaria unas horas antes de que desapareciera —comparto—. Cualquiera de los presentes podrá decirte que, esa noche, tenía un moratón bajo el ojo derecho que intentó disimular con maquillaje. Un moratón causado por un puñetazo, no me cabe duda. —Hago una pausa, como el verdugo que titubea un instante antes de decapitar al criminal de turno—. Clemente es un maltratador.

—Todos los vecinos de Caleta de Sebo saben que no es trigo limpio —confirma Dalila—. He oído, además, que es traficante.

—¿Con qué trafica?

—Quién sabe; supongo que con tabaco, aunque quizás también con droga.

—Me sorprende que Hilaria saliera con un hombre como él.

—El amor crea extrañas parejas de cama.

Miro el suelo para buscar a la cucaracha, pero sin éxito. Me inclino un poco hacia mi derecha para comprobar si está escondida debajo de la cama.

—El cabo Castillo no es tonto, dudará de la veracidad de

tu testimonio —digo mientras sacudo las sábanas para asegurarme de que la cucaracha no ha trepado hasta la cama—. Querrá saber el motivo por el que no contaste antes que viste a Clemente esa noche.

—Bastará con decirle que no me atreví a contárselo por miedo a que Clemente me hiciera daño. Convincente, ¿a que sí? Cualquiera me creería, incluso el cabo Castillo.

Hijo mío, debería preguntarle si es verdad que, esa noche, vio a Hilaria discutiendo con Clemente o si es una historia que acaba de inventarse. La pregunta que hago, sin embargo, es otra distinta.

—Contéstame: ¿por qué harías algo así por mí?

Dalila me acaricia de nuevo el rostro antes de levantarse de la cama.

—Mira que eres tonta; las amigas estamos para cualquier cosa —dice de inmediato, como si fuera obvio—. ¿Quieres que cuente al cabo Castillo que vi a Hilaria discutir con Clemente?

La duda apenas me dura un suspiro. Mi respuesta es la misma que darían unos novios frente al cura:

—Sí, quiero.

Quizás sería mejor persona si hubiera dudado un poco más, pero me consuelo pensando que, tarde o temprano, Clemente hubiera hecho daño a Hilaria. Esa noche u otra noche. Los hombres como él han actuado igual desde el albor de los tiempos.

Dalila asiente con la cabeza antes de abandonar el dormitorio con las sábanas sucias.

Me quedo quieta, tan quieta que la cucaracha, tal vez pensando que el cuarto está vacío, decide salir de debajo de la mesilla de noche. Me inclino de nuevo hacia mi derecha para coger una de mis zapatillas de casa. Golpeo al insecto con la zapatilla antes de que escape. Las cucarachas, hijo mío, solo existen para morir aplastadas bajo la suela de un zapato.

Unas risas, de pronto, oscurecen el cuarto como cuando una nube oculta el sol. Me asomo a una de las ventanas, pese a que debería permanecer acostada.

Cerca de los huesos de ballena, veo a tu padre sacándole unas fotos a Dalila. Me gustaría llamar a la otra mujer, decirle que regrese a mi lado para que me cuente uno de sus chistes malos.

—¿Cómo quieres que me coloque? —pregunta Dalila bajo una de las palmeras del jardín.

—Colócate como prefieras, sé natural —contesta tu padre mientras mira a Dalila a través del visor de su cámara.

Eso mismo me dijo durante nuestra primera sesión fotográfica. Estábamos solos porque tu abuelo no había podido acompañarme. «¿Quieres que me comporte con naturalidad?», dije con coquetería antes de apartar la cámara de su rostro para comerme su boca. ¿Cómo hubiera podido Brigitte Bardot resistirse a darle un beso a Alain Delon? Siempre me olvido, sin embargo, de que Brigitte Bardot solo fue la pareja de ficción de Alain Delon.

Me alejo de la ventana para abrir de nuevo el cajón de la mesilla de noche. Contemplo el interior del cajón unos segundos antes de sacar el recorte de periódico. Con el papel, envuelvo el cuerpo aplastado de la cucaracha que acabo de matar. Me encamino al baño para tirar el papel, hecho una bola, dentro de la taza del váter.

—Eres la única mujer llamada Dalila que conozco —oigo decir a tu padre.

—Eres el único hombre llamado Salomón que conozco —replica Dalila.

—Estás desperdiciando tu talento limpiando casas. Una chica tan guapa como tú podría ser modelo o, incluso, actriz.

—¿Como tu esposa?

El ruido de la cadena enmudece las voces que provienen del jardín.

20

OFELIA

Jueves, 15 de mayo de 1986, 4:30 p. m.

El barco debería haber zarpado hace media hora. Creo, sin embargo, que no vamos a poder salir porque el mar está revuelto. Con reboso, como dicen los gracioseros. El muelle de Caleta de Sebo está desierto, excepto por otros tres pasajeros que esperan con rostros de resignación. Un hombre acompañado por dos mujeres. El mar está tan espumoso que parece un perro rabioso. Hijo mío, la mordedura de un perro rabioso es algo serio. Los primeros síntomas son similares a los de una gripe, pero el desenlace es casi siempre la muerte.

El cabo Castillo vino a vernos a primera hora de la mañana.

—Hemos arrestado a Clemente por el asesinato de la doctora Hilaria —anunció mientras procuraba colocarse mejor la gorra montañera. Una tarea imposible porque ni su gorra era de una talla más grande ni su cabeza había menguado. Existe una tribu amazónica que reduce las cabezas de sus enemigos para usarlas como trofeos de guerra. Quizás debería habérselo mencionado al guardia civil.

—Han encontrado al culpable, así que asumo que podremos irnos de la isla cuando gustemos —dijo tu padre.

—¿Quién querría irse de un lugar tan paradisíaco? Mi consejo es que intenten aprovechar sus vacaciones al máximo. Quién sabe cuándo podrán volver —argumentó el cabo Castillo, tal vez con el propósito de retenernos unos días más.

—Cogeremos el próximo barco; no pienso retrasar el viaje por ningún motivo —declaró tu padre.

—El próximo barco sale a las cuatro de la tarde. ¿Están seguros de que no quieren quedarse más tiempo?

—Estamos seguros. ¿Conoce a algún vecino que pueda venir a recogernos con su coche?

El guardia civil asintió con la cabeza varias veces.

—Me aseguraré de que alguien venga a por ustedes.

Cuando el cabo Castillo partió, tu padre me miró con el ceño fruncido.

—¿Crees que vas a poder viajar?

—Me encuentro bien, no he vuelto a sentir molestias desde el viernes.

Hijo mío, no mentí a tu padre. Me dolía la espalda, pero sé que es por mi mala postura, porque camino con el cuerpo inclinado hacia delante, como si así pudiese ocultar mi embarazo.

Una vez que hicimos las maletas, tu padre revisó el dormitorio para asegurarse de que no nos olvidábamos nada.

—¿Este bolígrafo es nuestro? —me preguntó tras abrir el cajón de mi mesilla de noche. El bolígrafo dorado de Hilaria parecía tener luz propia, como un faro.

Cuando negué con la cabeza, tu padre volvió a guardar el bolígrafo dentro del cajón.

—Entonces pertenecerá a Mauricio —dedujo de forma equivocada—. ¿Habrá escrito alguna de sus novelas con este bolígrafo?

—Quién sabe, aunque me imagino que usará una máquina de escribir —contesté.

Sin embargo, tu padre no contaba con que el reboso impediría a los barcos zarpar.

El mar golpea el muelle con una furia tremebunda. Los pescadores, que no pueden salir a faenar, aprovechan para realizar otras tareas. Unos capturan cangrejillas que emplearán como sebo para pescar viejas. Otros remiendan las redes con aguja e hilo. Las gaviotas, mientras tanto, sobrevuelan los despojos de pescado que alguien ha tirado entre las rocas.

—El barco no va a venir, mejor márchense a casa —grita uno de los pescadores antes de continuar remendando una red con dedos diestros.

Los otros tres pasajeros han formado un corrillo.

—Cuando los guardias civiles arrestaron a Clemente, el malnacido hasta mordió a uno de ellos —dice el hombre, vestido como si fuera a una boda, con una camisa sedosa de colores chillones.

—¿Quién iba a suponer que mataría a la doctora Hilaria? —musita la mujer más joven.

—Cosas de amoríos; bien es sabido que su relación era tormentosa, propia de un culebrón —afirma la otra mujer, con el pelo canoso—. He oído que un testigo, no sé quién, vio a Clemente discutir con Hilaria la mismita noche que desapareció. Habrán arrestado a Clemente porque sospechan que perdió los estribos.

Las dos mujeres también están vestidas con sus mejores galas. Me temo que si el barco no viene, van a llegar tarde a la boda.

—La madre de Clemente no ha parado de llorar desde el arresto —cuenta el hombre.

—¿Qué culpa tendrá de haber parido a un asesino? —añade la mujer canosa—. Hubiera sacado más partido criando a un cochino que a ese golfo; al menos, de un cochino pueden aprovecharse hasta las tripas.

Me cuesta respirar, como si una bolsa de plástico me estuviera cubriendo la cabeza. Me siento así porque me acabo de acordar de que la madre de Clemente es quien prepara el frangollo que tanto disfruta nuestra vecina alemana. Me parte el corazón saber que han encarcelado a su hijo por mi culpa, porque acepté como verdad la historia que me contó Dalila.

Me obligo a ahogar la culpa. Mis preocupaciones serían irrelevantes si el mundo al otro lado del río de mar hubiera dejado de existir. Conforme explotó la central nuclear de Chernóbil, otras catástrofes similares podrían haber ocurrido desde que vinimos a la isla. Quizás, sin saberlo, seamos víctimas de un apocalipsis nuclear.

Miro a mi alrededor con nerviosismo mientras el mar arrastra mi culpa hasta costas desconocidas. Me preguntarás a quién busco, hijo mío. Confieso que busco a Dalila, aunque si he de serte sincera, no sé si quiero verla o no. Odio las despedidas, odio saber que no veré de nuevo su rostro de muñeca, odio no volver a tener la oportunidad de oír uno de sus chistes malos. Contengo la respiración porque distingo, a lo lejos, a una mujer rubia cargando unas bolsas. Cuando la mujer pega un grito a un crío que ha estado a punto de tropezar con ella, me percato de que no es Dalila.

Creía que los jueves iba a limpiar a casa de nuestros vecinos alemanes, pero no vino a verme. Quizás tuviera otras cosas que hacer.

Quien también está nervioso es tu padre, que no para de mirar hacia la línea de casas. Él tiene sus propios demonios, por ejemplo, el falso vendedor de enciclopedias. «Cariño —me gustaría decirle—, aprende de mí; huir de tus pecados no es la solución».

Como si hubiera estado esperando a que me acordara de él, el falso vendedor sale de una de las pocas casas de dos plantas. Está claro que los demonios son como los piojos, que cuesta deshacerse de ellos por mucho champú maloliente que uno use.

El falso vendedor nos saluda con un gesto de la cabeza antes de darse la vuelta para ir a cualquiera sabe dónde.

—El barco no va a venir —nos dice el hombre con la camisa de colores chillones, que ha decidido marcharse con las dos mujeres.

—¿Qué quieres que hagamos? —pregunto a tu padre. Cada una de las palabras que pronuncio me sabe a sal.

—Esperemos un poco más por si mejora el estado del mar —responde tu padre.

Me siento sobre la maleta porque me duelen las piernas.

El mar continúa igual de espumoso que antes. Cuando tenía ocho o nueve años, me mordió el perro de unos vecinos. Me acuerdo de que tu abuelo me llevó de inmediato al hospital para que me pusieran la vacuna antitetánica. Conservo la cicatriz que me dejó la mordida, una muesca pálida cerca del codo. El perro, por suerte, no estaba enfermo de rabia, pero los vecinos tuvieron que sacrificarlo por temor a que mordiera a alguien más.

Una media hora después, tu padre posa una mano sudorosa sobre mi hombro.

—El barco no va a venir —reconoce sin dejar de mirar la isla de enfrente, igual que un goloso contemplaría un pastel de chocolate al otro lado de un escaparate. Mirar, pero no tocar.

La mano de tu padre me aprieta el hombro como si fuera unas tenazas.

Me pregunto si sus padres eligieron el nombre de Ofelia a sabiendas del trágico final que sufrió la amada de Hamlet. Me acuerdo de los versos que Shakespeare empleó para describir el suicidio de Ofelia. Me acuerdo porque mi madre solía recitarlos. «Mas no podía transcurrir gran rato antes de que sus ropas, pesadas con el agua que las empapaba, hundieran a la pobre desdichada desde su canto melodioso hasta su cenagosa muerte». O algo así, porque hace tiempo que no leo esta tragedia de Shakespeare.

Millais, el más famoso de los pintores prerrafaelitas, retrató a una Ofelia semiahogada, con un ramillete de flores flotando a su alrededor, con una gargantilla de violetas, con un vestido bordado de plata. La modelo pelirroja que posó para el cuadro tuvo que hacerlo metida dentro de una bañera llena de agua. Las lámparas de aceite responsables de mantener el agua caliente acabaron apagándose durante una de las sesiones. La modelo enfermó de gravedad, casi muere por amor al arte.

¿Quién llamaría a su hija igual que un personaje tan desdichado?

Morir ahogado es horrendo. Estás tan tranquilo, con el agua cubriéndote hasta la cintura, cuando, de pronto, dejas de tocar fondo, luchas por mantenerte a flote, por sacar la cabeza fuera del agua. Menos mal que enseguida pierdes el conocimiento.

Más horrendo aún, sin embargo, es presenciar cómo alguien muere ahogado, sobre todo cuando son tus propias manos las que sujetan los hombros de esa persona para evitar que su cabeza salga a la superficie.

Mecachis, hasta el último momento no supe si sería capaz o no de hacerlo, pero me acordé del anuncio de televisión, de la niña con tirabuzones dorados haciendo la señal de victoria con dos dedos, de los tortazos con sabor a anís de mi madre.

Hilaria murió unos quince o veinte minutos después de las tres de la madrugada. Cuando solté sus hombros, oí a lo lejos los bramidos de un borracho. «Cinco hijos —gritaba el borracho a pleno pulmón—; me vine a esta isla para poder alimentar a mis cinco hijos».

—Haberlo pensado antes de dejar embarazada a tu mujer cinco veces —susurré mientras arrastraba el cuerpo de Hilaria fuera del agua.

Contemplé a la mujer muerta un buen rato sin saber qué hacer, hasta que, por fin, me agaché para desabrochar el collar de plata que rodeaba su cuello. Los cabellos de Hilaria, extendidos sobre la arena, parecían hilos de alquitrán.

Me senté sobre una roca a descansar, incapaz de desviar la mirada del colgante con forma de hache.

21

OFELIA

Viernes, 16 de mayo de 1986, 7:45 a. m.

Hijo mío, si no me gustan los boquerones, ¿cómo es posible que, nada más abrir los ojos, mi único deseo sea comerme una lata? Muevo las piernas hacia el borde de la cama con la intención de levantarme para ir al baño, pero tu padre me retiene.

—El médico nos ha ordenado reposo, así que reposemos el resto de la mañana —dice con voz ronca porque también acaba de despertarse.

—El médico me ordenó reposo solo a mí.

—El mar sigue revuelto; no tengo nada mejor que hacer que acompañarte.

El viento sopla con fuerza, de la misma forma que ha hecho toda la noche. Hace vibrar las ventanas hasta crear una música cacofónica. Sin duda, es el día perfecto para quedarse hasta tarde refugiados bajo las sábanas. Como las primeras veces que hicimos el amor, que no nos levantábamos de la cama hasta pasado el mediodía. Más por hambre que por cualquier otro motivo.

—Me gusta tu plan; tengo que ir al baño, pero vuelvo enseguida —digo.

Que un marido mime a su mujer embarazada no es extraño, ¿a que no? Hijo mío, al menos durante unas horas, quiero que seamos una pareja normal.

Cuando regreso a la cama, recuesto la cabeza sobre el pecho de tu padre. Me gusta sentir su piel contra mi cachete, cómo el vello rizado de su pecho me hace cosquillas. El cuerpo de tu padre continúa siendo igual de atlético que el primer día que nos conocimos.

—Una vez que regresemos a Madrid —dice—, deberíamos empezar a comprar las cosas del bebé.

Callo durante unos segundos porque no me apetece hablar ni de cunas ni de carros ni de ropa diminuta.

—Quiero hacerte una pregunta: ¿por qué accediste a casarte conmigo si apenas me conocías? —musito.

Me acuerdo de que su primera reacción después de proponerle que nos casáramos fue echarse a reír. Cuando paró de reír, me respondió que sí, que quería casarse conmigo cuanto antes.

—Me casé contigo porque tienes el culo más bonito que he visto nunca —contesta tu padre mientras levanta mi camisón para acariciarme las nalgas.

Mi cuerpo sí ha cambiado desde que nos conocimos: las mujeres embarazadas no somos sexis, no tenemos el culo bonito. Hace tiempo que no me miro al espejo para no ver las estrías de mi trasero.

Me bajo el camisón para impedir que tu padre siga acariciándome las nalgas, pero es peor el remedio que la enfermedad porque sus dedos comienzan a pasearse por mi vientre hinchado.

—¿Cuántas veces he de decirte que no me gusta que me toques la barriga? —me quejo después de apartar su mano.

Quiero hacerle muchas otras preguntas, pero no me atrevo. Quiero preguntarle por el falso vendedor de enciclopedias, por qué me avisó de que corría peligro. Quiero preguntarle por Catalina, por qué dejaron de estar juntos, cómo murió. Quiero preguntarle por Hilaria para que me asegure de nuevo que no tuvo nada que ver con su muerte. Hijo mío, es mejor que no haga ninguna de estas preguntas. ¿Qué derecho tengo a exigirle que me revele su pasado cuando no quiero que descubra el mío? Como dicen, ojos que no ven, corazón que no siente. El problema es que me he dado cuenta de que no conozco a tu padre, de que es un completo desconocido, de que no sé si sería capaz de matar a alguien a sangre fría. ¿Cuánto es necesario conocer a una persona para amarla de verdad?

Me rindo. He oído decir que gana quien sabe cuándo luchar, pero sobre todo, quien sabe cuándo no luchar.

Coloco la mano de tu padre sobre mi barriga para que sienta tus movimientos.

—Con su forma de dar patadas, va a salir futbolista —dice con una sonrisa de oreja a oreja.

—¿Qué padre no quiere que su hijo sea futbolista?

—Quizás sea porque todos los padres queremos que nuestros hijos sean famosos como Maradona.

Continuamos pretendiendo que somos una pareja normal, jugamos a ser el marido perfecto, la esposa perfecta.

—¿Me quieres? —digo.

—Claro que sí —contesta tu padre tras besarme la frente.

—¿Me quieres más que a tu hijo?

—¿Qué pregunta es esa? Os quiero a los dos por igual.

—Ojalá me quisieses más a mí que a tu hijo.

—Olvídate de eso de «mi hijo» o «tu hijo»; es nuestro hijo, de los dos.

Me gustaría saber por qué, si me quiere tanto, he dejado de ser su musa, por qué prefiere fotografiar a otras mujeres. Como ves, hijo mío, esta es otra pregunta que no me atrevo a hacer.

Me aparto de tu padre para acostarme bocarriba.

—Hace demasiado calor —digo para justificar mi comportamiento, pero él cambia de tema.

—El día que llegamos a la isla, si hubiéramos hecho algo cuando vimos a Clemente discutir con Hilaria, ¿crees que aún estaría viva?

—Quién sabe —respondo.

Los segundos transcurren con una lentitud desesperante.

—¿Quieres que prepare unos huevos revueltos? —dice por fin tu padre antes de acercar una oreja a mi barriga—. Conozco a un futuro futbolista que seguro que está famélico.

Oigo de pronto unos golpes fuertes, como si alguien estuviera tocando a la puerta.

—¿Quién cojones será tan temprano? —gruñe tu padre.

Con solo unos calzoncillos puestos, tu padre sale del dormitorio para ir a abrir la puerta. Cuando regresa al cabo de unos pocos minutos, me mira con un gesto de extrañeza.

—¿Quién era? —digo mientras me levanto también de la cama. Con un pie, busco a tientas mis zapatillas de casa.

—Cuando abrí la puerta, no había nadie, pero han dejado esto encima del felpudo.

Me muestra un sobre grande de color marrón.

—¿Un sobre?

—Está a tu nombre —aclara antes de empezar a romper el sellado.

Me apresuro a arrancarle el sobre de las manos. Como no

he encontrado las zapatillas, corro hacia él descalza. El suelo de cemento está frío.

—¿Qué haces abriendo el correo que viene a nombre de otra persona? —farfullo porque sospecho que va a ser mejor abrir el sobre cuando tu padre no esté presente.

Con el corazón desbocado, me encierro dentro del baño con el sobre.

El sobre es abultado. El único sitio del baño donde puedo sentarme es la taza del váter. Cuando abro el sobre, saco un videocasete del interior, además de una hoja de papel. Con un mensaje. «Qué gran tragedia sería no dar a conocer tu mejor interpretación», dice el mensaje, escrito a mano con bolígrafo rojo. Como la nota que recibí hace unos días, con una letra casi infantil.

22

OFELIA

Viernes, 16 de mayo de 1986, 8:30 a. m.

¿Cuál es la mejor forma de destruir un videocasete? Supongo que podría quemarlo o golpearlo con un martillo hasta hacerlo papilla, pero no sin ver antes qué contiene. Conoce a tu enemigo, ¿verdad, hijo mío?

Cuando me levanto de la taza del váter, me percato de que he vuelto a sangrar. Un hilillo baja por mis muslos como un regato de tinta roja. Con premura, limpio la sangre con papel de baño, que tiro al váter porque no quiero que tu padre avise de nuevo al médico. El ruido de la cadena me acompaña hasta el dormitorio.

—¿Quién envió el sobre? —pregunta tu padre mientras me calzo las zapatillas de casa.

Estará pensando que si el remitente es el falso vendedor de enciclopedias, podría contener información acerca de Catalina. Me da igual que piense que el sobre está relacionado con su pasado. Mi propio pasado es también terrorífico.

Me marcho sin dar ninguna explicación.

—Cámbiate si planeas ir a algún sitio; ¿dónde cojones vas con esas pintas? —grita tu padre porque he salido por la puerta de casa vestida solo con el camisón.

Casi pierdo una de las zapatillas cuando golpeo una piedra, pero de nuevo, me da igual, como me da igual el viento que infla mi camisón, las gotas saladas que salpican mi rostro o el hecho de que no sean horas de tocar a la puerta de los vecinos.

—Buenos días —dice Gertrud con voz de sorpresa nada más abrir la puerta.

La pobre mujer debe de haberse levantado hace poco de la cama, porque tampoco ha tenido tiempo de quitarse el camisón. Con una mano intenta ahuecarse el pelo. Estará lamentando el hecho de no habérselo cardado aún.

—Cuando vinimos el otro día a cenar, me di cuenta de que teníais un reproductor de vídeo. ¿Me permitirías usarlo? —ruego sin ni siquiera devolver el saludo.

Gertrud parpadea varias veces, como si su español no fuera suficientemente bueno para entender mi petición. Extiendo un brazo para mostrarle el videocasete.

—¿Quieres ver una película ahora, tan temprano? Herman está todavía acostado —dice Gertrud mientras gira la cabeza hacia la izquierda, supongo que hacia el dormitorio.

—Me aseguraré de poner el volumen bajo para no molestar a tu marido —prometo.

Gertrud me invita a entrar. El salón huele a café recién hecho. Me bebería una taza de golpe para espabilarme.

Cruzo el salón hacia el televisor antes de que la mujer cambie de opinión. El televisor está sobre una mesa baja. El reproductor de vídeo está a un lado, cubierto con un paño de croché.

—Es posible que el aparato no funcione; no sé cuándo fue

la última vez que alquilamos una película —avisa Gertrud, que no parece tener la intención de separarse de mí.

—Me gustaría estar a solas —digo, a pesar de que sé que mis palabras son impertinentes.

La mujer vuelve a parpadear varias veces, pero abandona el salón sin rechistar. Como si ser famosa me diera carta blanca para comportarme con descortesía. Que piense que he enloquecido, ¿qué más da? Has de saber que los actores estamos un poquito locos. Una vez hice una obra de teatro, de esas sin casi presupuesto. Uno de los actores tuvo la brillante idea de decir sus líneas ladrando. Menos mal que cambió de decisión antes del estreno.

Mientras enciendo el televisor, oigo un ruido de platos proveniente de la cocina. El culebrón mexicano del momento me da los buenos días. Cómo alguien puede querer ver un dramón a estas horas es algo que no consigo entender.

Me pongo de rodillas delante del televisor. Bien. Giro el botón del volumen para enmudecer el sonido. Bien. Cambio de canal. Bien. Enciendo el reproductor de vídeo. Bien. Meto el videocasete dentro del aparato. Bien. Presiono la tecla para iniciar la reproducción. Hasta ahora, todo bien.

La pantalla del televisor muestra la imagen borrosa de una habitación.

Hijo mío, reconozco de inmediato esa habitación desprovista de mobiliario excepto por una mesa larga con sillas solo a un lado. ¿Cómo no reconocerla, si incluso sería capaz de dibujar con precisión las grietas que recorren una de las paredes de arriba abajo? La habitación está vacía, pero alguien entra de pronto, un hombre de mediana edad, aunque es difícil distinguir su rostro porque la imagen es granulosa. Un rostro irreconocible para cualquiera, menos para mí. Como la habitación, podría identificar a ese hombre entre una multitud. Había creído que mi secreto estaba enterrado a tres metros de profundidad. ¿Qué son tres metros cuando unas lluvias torrenciales pueden provocar un deslizamiento de tierra?

—¿Es una de tus películas? —dice de repente una voz a mi espalda.

Me sobresalto tanto que tengo que presionar la tecla de parada dos veces. La habitación con la mesa larga desaparece, sustituida por la imagen con lluvia del televisor.

Cuando giro la cabeza hacia la voz, descubro a Herman, acicalado como un pavo real con sobrepeso. Si es verdad que acaba de despertarse, ha tenido que darse prisa para estar presentable. El olor especiado de su colonia es mareante.

—Es una grabación casera de mis últimas vacaciones —miento.

Con torpeza, me levanto del suelo. Como mi centro de gravedad está desplazado hacia delante, casi pierdo el equilibrio.

Herman da unos pasos hacia mí para sujetarme por detrás, pero sus intenciones distan mucho de ser inocentes porque enseguida noto cómo una de sus manos me acaricia el culo. Hijo mío, es un sobón; sin duda, podría interpretar el papel de viejo verde a las mil maravillas.

Me separo del hombre con la excusa de extraer el videocasete del aparato.

—Continúa viendo la grabación —sugiere él.

—Otro día.

—Otro día puede que no sea posible. ¿O acaso no vais a iros de la isla cuando el mar mejore?

Me encamino a la puerta con el videocasete apretado contra el pecho como si fuera un tesoro.

Gertrud sale de la cocina secándose las manos con un paño.

—¿Has terminado o es que el reproductor de vídeo no funciona? —dice—. Herman puede echarle un vistazo, es un manitas.

—Mejor me marcho porque mi marido debe de estar buscándome —me excuso.

Los dos alemanes cruzan una mirada que bien podría definirse como conspiratoria.

—Estarás harta de este tipo de peticiones, pero aun así, ¿podrías firmarnos un autógrafo antes de irte? —pregunta Gertrud con timidez—. La noche que vinisteis a cenar me dio vergüenza pedírtelo.

Herman me ofrece una revista del corazón. La portada de la revista es una fotografía que me sacaron durante el estreno de una película, mucho antes de quedarme embarazada, con un ajustadísimo vestido de color fucsia. Un vestido de gala que nada tiene que ver con las prendas de talla extragrande que me veo obligada a llevar ahora.

—El mejor regalo que podrías hacernos sería firmarnos la portada de esta revista.

Gertrud, tras colgar el paño del respaldo de una silla, abre un aparador para sacar una caja llena de bolígrafos. Cuando me acerca la caja, me percato de que todos los bolígrafos son rojos.

Con el bolígrafo rojo, firmo la revista mientras, con la otra mano, mantengo el videocasete apretado contra el pecho.

Cuando, por fin, abandono la casa de los alemanes, siento

como si hubiera escapado de una prisión de máxima seguridad.

El alivio, sin embargo, me dura poco porque, por el camino, casi me tropiezo con el loco, que aún lleva puesto el vestido amarillo que me robó. Me apresuro a regresar a casa mientras me persigue la risa del loco.

Coincidencia o no, las notas que he recibido también estaban escritas con bolígrafo rojo.

Coincidencia o no, el mismo día que me envían un sobre con un videocasete, el loco vuelve a rondar nuestra casa.

23

OFELIA

Viernes, 16 de mayo de 1986, 9:20 a. m.

Me encamino al dormitorio nada más regresar a casa, pero tu padre ha hecho la cama. Hasta ha alisado tanto la colcha que casi no tiene arrugas. El mensaje es claro: adiós a la idea de pasarnos todo el día acostados.

—Cariño, ¿dónde estás? —grito, pero tu padre no responde. Habrá ido a dar una vuelta, a sacar las últimas fotografías del viaje.

Escondo el videocasete dentro de mi maleta, que no he deshecho porque tu padre aún quiere irse cuanto antes, una vez que el mar mejore. Hijo mío, sé que debería destruir el videocasete, pero supongo que podrías compararme con esos conductores que desaceleran cuando pasan frente a un vehículo siniestrado. Mi única esperanza es que, durante el instante que aparto la mirada de la carretera para fisgonear, no acabe chocando con el coche de delante.

—¿Qué estás escondiendo? —dice alguien antes de que me dé tiempo a cerrar la maleta.

Cuando me giro, descubro a Dalila, que me observa desde la puerta del dormitorio con el cabello rubio revuelto por culpa del viento. Ha traído consigo el olor del mar embravecido.

—¿Qué haces aquí? —pregunto a su vez mientras, con un pie, empujo la maleta para ocultarla debajo de la cama—. Creía que eran los jueves cuando venías a limpiar la casa de los vecinos.

—Gertrud me ha pedido que también venga los viernes. Como me pagan por horas, no me importa el trabajo adicional. —Dalila hace una pausa antes de continuar hablando—. Me ha dolido mucho que fueras a marcharte sin despedirte; pensaba que éramos amigas. Si no es por el mal tiempo, no nos hubiéramos vuelto a ver.

Me quedo muda porque es cierto que iba a irme sin decirle adiós.

Los segundos pasan sin que ninguna de las dos diga nada. Estamos de pie, una enfrente de la otra. Me gustaría contar con el tiempo suficiente para aprender todas las expresiones de su cara de muñeca. ¿Qué gesto hará cuando está contenta, triste o enfadada, cuando siente miedo, asco o desprecio? ¿Cómo cambiará su rostro con cada nueva emoción? La muñeca que mi padre me regaló solo sabía sonreír.

Me llevo las manos a la parte inferior del abdomen porque, de repente, siento un dolor acuciante.

—¿Estás bien? Quizás deberías acostarte un rato —aconseja Dalila con las cejas levantadas, con los párpados superiores tensados, con los labios estirados hacia atrás. Conque esa es su expresión cuando está preocupada.

—Me sentiría mejor si me contaras un chiste —replico porque por nada del mundo quiero arrugar la colcha que tu padre ha alisado con tanta pulcritud. Hijo mío, al infierno el reposo que me recomendó el médico.

—¿Qué planeta va después de Marte? —dice Dalila antes de contestarse a sí misma—. Miércoles.

Me río, aunque el chiste, por supuesto, es malísimo.

El rostro de Dalila aún muestra preocupación.

—¿Siempre quisiste ser madre? —pregunta a bote pronto.

Mi sonrisa desaparece igual que si hubiera sido arrastrada por una riada. ¿Cómo pueden cuatro palabras contener el mismo poder destructor que un río crecido?

—Siempre quise ser madre, pero no quiero ser la madre de este bebé —confieso por primera vez.

La expresión de Dalila cambia a una de tristeza. Las cejas están más levantadas por el centro que por los extremos. Los párpados superiores han perdido toda su fuerza. Las comisuras de los labios están caídas.

—¿Es por culpa de tu marido que no quieres a tu bebé? —musita Dalila—. El deseo de cualquier mujer es que el padre de sus hijos sea un buen hombre.

¿Qué expresión estará dibujando mi rostro ahora mismo? Un gesto de sorpresa, supongo, con la boca completamente abierta. Me pregunto si las víctimas de Chernóbil murieron con un gesto de sorpresa similar al mío, aunque más bien sería de resignación ante una muerte que sabrían segura.

—¿Qué quieres decir? —balbuceo.

—Quiero decir que es posible que tu marido no sea tan buena persona como crees.

—El otro día estabas convencida de que mi marido no era capaz de matar a alguien.

—Que no sea capaz de matar a alguien no significa que sea una buena persona.

—Mi marido es la mejor persona que conozco —afirmo, pese a ser consciente de que sueno como un charlatán que quiere hacer creer que el jarabe que vende cura cualquier tipo de cáncer. Hace tiempo que no sé qué tipo de persona es tu padre.

—Si dijera que a quien vi discutir con Hilaria no fue a Clemente, sino a tu marido, no pensarías igual —añade Dalila.

—Cuéntame la verdad —exijo—; ¿a quién viste esa noche?

Dalila hace un ademán con la mano para acallar mis protestas.

—¿Quieres seguir protegiendo a tu marido? —dice.

—He de protegerlo para protegerme a mí.

—Entonces, la verdad es que, esa noche, vi a Clemente discutir con Hilaria poco después de las tres de la madrugada, como conté al cabo Castillo.

—La verdad que acordamos entre las dos.

—La única verdad que importa.

Hijo mío, existen verdades que saben igual de mal que la leche agria.

Miro de nuevo a Dalila, pero su rostro es, de pronto, indescifrable; no sé si siente felicidad, miedo, sorpresa, tristeza, desprecio, asco o enfado. Quizás sienta una mezcla de todas estas emociones. O quizás no sienta nada, como mi muñeca.

—Cuando limpias la casa de los alemanes, ¿suelen dejarte sola? —digo porque quiero cambiar de tema cuanto antes, porque me he acordado del rostro de Hilaria, que estaba tan hinchado que tampoco mostraba ninguna expresión.

—Me dejan sola mientras friego el suelo; van a dar un paseo durante una hora o así para no estar pisando el suelo mojado.

—¿Cuándo fregaste el suelo por última vez?

—Me pondré a fregar antes de hacer cualquier otra tarea —responde Dalila sin ni siquiera parpadear.

Como quien no tiene más remedio que agarrarse a un clavo ardiendo, me convenzo de que aún no he visto el resto de la grabación, de que es posible que sean unas imágenes aleatorias que no están relacionadas con mi secreto. Cuando los alemanes salgan a dar un paseo, aprovecharé para ver el contenido completo del videocasete.

—Contéstame: ¿por qué harías algo así por mí? —pregunto de nuevo, igual que hice el martes cuando vino a casa, cuando decidimos que el asesino de Hilaria solo podía haber sido Clemente.

—Mira que eres tonta; las amigas estamos para cualquier cosa —repite Dalila, palabra por palabra.

Dalila da un paso hacia mí para acariciar un mechón de mi pelo. Hasta este momento, no me había dado cuenta de cuánto echaba de menos que me tocara.

—Me gusta el color de tu pelo, es rubísimo, casi blanco —susurra mientras acerca el mechón a su nariz—. Me gusta, además, cómo huele. Si el sol oliera, tendría este mismo olor. ¿Qué champú usas?

Callo porque no sé qué responder, porque no puedo ni acordarme de la marca de champú que suelo comprar.

Cuando me quedo sola, me acerco a una de las ventanas del dormitorio para contemplar el mar. Me daría igual si nunca más volviera a ver este mar ni ningún otro. Menos mal que Madrid no tiene mar, solo un río. El río Manzanares no puede esconder tantos secretos ni tantas mentiras como este maldito mar espumoso.

Mientras espero a que Dalila me avise, me quito el camisón para ponerme un vestido suelto.

24

OFELIA

Viernes, 16 de mayo de 1986, 11:15 a. m.

Una de las paredes de la habitación tiene unas grietas que dibujan un rostro de perfil: una frente, una nariz, un mentón. Es la pared que está detrás de la mesa larga con las sillas. El hombre que ha abierto la puerta es alto, robusto, con una barba blanquecina de varios días. Con un ademán de la mano, invita a otra persona a entrar. El volumen del televisor está silenciado, pero sé qué está diciendo el hombre. Me sé el diálogo de memoria de tantas veces que he revivido ese momento. «Quiero que interpretes otra escena del guion», digo cuando el hombre mueve la boca, como haría el doblador de una película. Una mujer entra tras el hombre, una mujer rubia con un asombroso parecido a Marisol.

Cierra los ojos, hijo mío, porque no quiero que veas el resto de la grabación, no quiero que sepas qué clase de persona es tu madre.

La audición para la película había sido un fracaso, pero tu abuelo me dijo que el productor iba a darme otra oportunidad.

Cuando seguí al productor hasta la misma sala donde había hecho mi primera prueba, esperaba encontrarme con las cinco o seis personas que habían evaluado mi interpretación con anterioridad, pero el cuarto estaba vacío.

—¿El resto del equipo va a venir pronto? —pregunté cuando el productor me entregó unas páginas del guion.

—Me basto para decidir si contratarte o no.

El productor me dio unos minutos para leer las páginas.

—Es una escena de sexo —tartamudeé porque empezaba a comprender el motivo por el que estábamos solos.

—Me han dicho que estás dispuesta a hacer cualquier cosa para conseguir el papel protagonista —señaló el productor.

Quería conseguir ese papel, es cierto. Quería ser una actriz de verdad. Quería, sobre todo, que no me recordaran únicamente como la niña de Chocoflor.

Oigo la voz de Dalila, que escapa de la cocina acompañada por un aroma a pino. Está tarareando una canción mientras friega el suelo de cemento. Cuando Dalila fue a casa de los vecinos, no tuve que esperar mucho rato. Los alemanes salieron al cabo de unos minutos con unos sombreros para protegerse del sol. Cogieron el camino del norte sin dejar de parlotear.

Mis ojos están pegados a la pantalla del televisor mudo como con pegamento.

La mujer con el asombroso parecido a Marisol vuelve a leer las páginas del guion.

—¿Qué tengo que hacer? —digo al mismo tiempo que ella.

El hombre barre el cuerpo de la mujer rubia con un dedo, sin tocarlo, desde la cabeza hasta los pies.

—Es fácil, solo tienes que desnudarte.

—¿El papel será mío si me desnudo?

La mujer rubia gira la cabeza hacia atrás para mirar la puerta. Quiero gritarle que escape, que salga corriendo de esa sala cuanto antes, aunque sé que no puede oírme, que no es posible cambiar el pasado.

—¿Quieres o no el papel? —dice el hombre con voz impaciente—. Conozco a decenas de actrices mucho más talentosas que tú que están esperando mi llamada.

Hijo mío, has cerrado los ojos, ¿verdad? Me gustaría también cerrar los míos, pero no todos los condenados a muerte tienen derecho a una última comida. ¿Quién me envió esta grabación? ¿Con qué propósito? ¿Con el de castigarme o de advertirme de que, pronto, el mundo al completo averiguará mi secreto más inconfesable?

La mujer de la grabación, la mujer con el asombroso parecido a Marisol, duda unos segundos más antes de bajarse la cremallera del vestido. El vestido cae a sus pies mientras el hombre da un paso hacia ella para posar una mano sobre uno de sus pechos. Me siento igual que si estuviera viendo una película de ficción. Como cuando veo los anuncios de Chocoflor, que no me reconozco. «Mamá, más Chocoflor», pide esa niña extraña con el labio superior manchado de chocolate.

—Buena chica; ahora, arrodíllate —ordena el hombre con la respiración cada vez más acelerada.

La mujer rubia obedece con el rostro igual de impasible que el que dibujan las grietas de la pared.

—¿Qué más quieres que haga? —pregunta con la boca a la misma altura que la entrepierna del hombre.

—Quiero que seas cariñosa conmigo.

Con una mano temblorosa, la mujer rubia baja la cremallera del hombre.

—¿Esa eres tú? —dice Dalila desde la puerta que da a la cocina.

Me apresuro a apretar la tecla para expulsar el videocasete. El aparato escupe el videocasete como un niño de mal comer escupiría la papilla.

—Esa mujer está muerta —respondo, aunque cada una de tus patadas, hijo mío, es un recordatorio de que, a mi pesar, continúo con vida.

Ese mismo día, tu abuelo me llamó por teléfono. «¿Conseguiste el papel?», quiso saber. Cuando contesté que sí, me felicitó, me dijo que era una buena chica, igual que había hecho el productor. «Cualquier sacrificio es poco —me consoló—; verás que tengo razón, va a ser la película más taquillera del año».

25

OFELIA

Viernes, 16 de mayo de 1986, 11:50 a. m.

Los males compartidos, según dicen, son menos males, pero no es ningún consuelo.

Me dio tanta vergüenza que Dalila descubriera mi secreto que me marché sin dar ninguna explicación. Hacía tiempo que barajaba la idea de contarle mi secreto a alguien para que la carga no fuera tan pesada, pero el espanto de Dalila me ha confirmado que es mejor que nunca salga a la luz. Los dioses condenaron a Sísifo a empujar una piedra enorme por la ladera de una colina. Cada vez que estaba a punto de alcanzar la cima, la piedra rodaba hacia abajo, de forma que Sísifo tenía que empezar de nuevo desde el principio. Mi castigo es también empujar la misma piedra por la misma ladera, sin la asistencia de otros, con la esperanza de que un día no vuelva a rodar cuesta abajo. Como ves, hijo mío, tu madre no es una inculta; hasta sé un poco de mitología griega.

Las olas golpean el espigón con una furia implacable, pero

aun así me acerco al borde. Con una mano, mantengo abierta la tapa protectora del videocasete. Con la otra, tiro de la cinta magnética, que cae a mis pies como una serpiente muerta. Me desespero porque es infinita. ¿Cuántos metros de cinta tiene un videocasete? Cientos de metros, supongo. Con un grito cargado de frustración, lanzo el videocasete al agua. El videocasete flota un instante hasta hundirse. La cinta negra, que sobrevive unos segundos más, me recuerda a los cabellos de una mujer.

El mar, que arremete con aún más furia contra el espigón, me moja casi por completo. Si hubiese estado más cerca del borde, me habría tragado como hizo con el videocasete. O como ha tragado barcos pesqueros, galeones cargados de oro e, incluso, transatlánticos con miles de pasajeros.

Con el vestido empapado por delante, regreso a casa. Cuando entro, piso un folio plegado que alguien ha dejado por debajo de la puerta.

«Existe otra copia del videocasete, así que juguemos al escondite: ¿dónde estará oculta esta segunda copia?», dice el papel. El texto está escrito con bolígrafo rojo, una vez más, con una letra casi infantil.

Me apresuro a salir porque es posible que la persona que ha escrito la nota ande cerca, pero no veo a nadie.

Hijo mío, la piedra que, desde hace meses, no tengo más remedio que empujar por la empinada ladera ha vuelto a rodar cuesta abajo. Una piedra que cada vez me resulta más pesada.

—¿Qué quieres de mí? —chillo, aunque no sé a quién.

Cuando entro de nuevo, cierro la puerta con brusquedad. El portazo hace vibrar toda la casa como si estuviera hecha de naipes.

Me encamino a la librería del salón, rebusco dentro de cada uno de los cajones, miro detrás de los libros con títulos pretenciosos. Con urgencia, levanto todos los cojines del sillón. El polvo acumulado bajo los cojines hace que estornude. La cocina me lleva más tiempo. Cualquier sartén, cazo o caldero podría ser un buen escondrijo. Hasta abro el horno, con las paredes pringadas de grasa.

Mi siguiente objetivo es el dormitorio, aunque creo que quien quiera que escribiese la nota no está jugando limpio, que no existe ninguna copia del videocasete. O, si existe, está a buen recaudo.

Una voz a mi espalda me sobresalta antes de que pueda poner el armario patas arriba.

—¿Qué cojones estás haciendo? —exclama tu padre, que ha vuelto de cualquiera sabe dónde.

Me giro para replicarle que si ha regresado para darme la tabarra, pero me callo porque está abanicando el folio con el texto de color rojo.

—¿Qué juego es este del escondite? —me pregunta.

Como no quiero que me someta a ningún interrogatorio, ignoro sus palabras para seguir hurgando entre las mantas apiladas dentro del armario.

—¿Quieres contarme de una vez qué está ocurriendo? —reclama.

Continúo con mi búsqueda hasta que me agarra por el codo.

—Haz el favor de soltarme —musito.

—¿Qué buscas? Esta nota, ¿tiene algo que ver con el sobre de antes? Si no me cuentas la verdad, iré ahora mismo a preguntarle a los vecinos por qué fuiste a su casa.

Cuando consigo por fin librarme de tu padre, me encamino a la cómoda. Los cajones están vacíos, con excepción del último, donde están guardadas las sábanas limpias. El olor del suavizante me golpea el rostro. Con pocas esperanzas, meto la mano entre las sábanas hasta encontrar algo: un collar de plata con un colgante.

El colgante es una hache cursiva adornada con cristales brillantes de color blanco.

Me olvido de respirar durante unos segundos. Como si la maldita piedra me hubiera aplastado contra una pared.

—Este collar es de Hilaria —balbuceo mientras muestro mi hallazgo a tu padre.

El colgante con forma de hache oscila de izquierda a derecha delante de mi cara, como un recién ahorcado.

—¿Cómo va a pertenecer a Hilaria? —dice tu padre tras dar dos pasos hacia mí para ver mejor el collar. Hace el ademán de cogerlo, pero muevo el brazo hacia atrás para mantenerlo fuera de su alcance.

—Este collar es de Hilaria —repito—; recuerdo habérselo visto puesto la noche que fuimos a cenar a casa de los alemanes.

Es también la noche que Hilaria desapareció, aunque no me atrevo a decirlo.

—Si pertenece a Hilaria, ¿qué hace dentro de uno de nuestros cajones? —indica tu padre.

—Eso mismo me gustaría preguntarte —añado sin apartar la mirada de él.

—¿Qué insinúas?

—¿Escondiste el collar entre las sábanas porque no encontraste otro sitio mejor donde ponerlo?

Un silencio pesado como el plomo cae sobre los dos.

—¿Qué nos está ocurriendo? —gime tu padre, que ha dado un paso atrás, como si hubiera recibido una bofetada—. ¿Crees de veras que maté a Hilaria, a una completa desconocida?

—¿Quieres decir que sí serías capaz de matar a alguien que conoces? Catalina no era una desconocida. ¿Mataste a tu primera mujer como asegura tu excuñado? —digo sin esperar a oír su réplica.

Me apresuro a abandonar el dormitorio con el collar. El colgante con forma de hache me quema la palma de la mano igual que si estuviera al rojo vivo.

Corro hacia el espigón, pese a que el dolor de espalda que siento desde hace un rato es cada vez más insufrible.

Como hice con el videocasete, tiro el collar al mar aún revuelto. El mar, después de todo, es un glotón que no puede parar de comer.

Una vez oí hablar a un piloto del punto de no retorno. Cuando un avión sobrepasa este punto, es incapaz de volver al aeropuerto de origen por falta de combustible. Hijo mío, me temo que he alcanzado mi punto de no retorno, que no me queda más remedio que buscar un aeropuerto alternativo para aterrizar.

Giro la cabeza hacia la casa de los alemanes, hacia Dalila, que me observa desde la puerta con el cubo de fregar a los pies. Está escuchando música con los auriculares puestos. Quiero ir hacia ella para pedirle que me cuente el chiste más malo que conozca, pero bajo la cabeza porque no sé qué explicación podría darle.

Si existe una copia del videocasete, he de encontrarla como

sea, aunque me pregunto qué quería que encontrara quien escribió la nota, si el videocasete o el collar.

—¿Qué mierda de escudo es este? —grito, pero solo el mar puede oírme.

Creo haberte dicho que hacía tiempo que no lloraba. Como me descuide, me vas a ver llorar por primera vez.

26

SALOMÓN

El hospital huele a sangre, a vómito, a orina. Si hubiera traído mi cámara, no habría nada que quisiera fotografiar, ni la cafetería ni los pasillos ni las habitaciones. Los clientes de la cafetería exudan resignación. Una corriente malsana recorre los pasillos. Las paredes de las habitaciones están pintadas con el sufrimiento de los pacientes.

Menos aún querría fotografiar el rostro del médico que está tratando tus heridas, hijo mío. Cuando el médico comprobó que sí que tenías el brazo derecho fracturado —el radio, para ser exactos—, me miró como si tuviera delante de él al mismísimo diablo recién salido del infierno. Me imagino que estaría sopesando si denunciarme o no, pero sé que no avisará a la policía. Un padre que pierde los estribos no es una ocurrencia excepcional. Las cárceles estarían llenas de padres si pegar a los hijos fuera un delito.

—Habrá que inmovilizar el brazo con una férula —explica el médico, que está claro que nunca ha oído hablar del derecho a la presunción de inocencia.

«El diablo es su madre», me habría gustado gritarle a la cara.

Esta mañana, hijo mío, no parabas de llorar, no había forma de consolarte. Cuando fui a sacarte el pelele para ponerte uno limpio, me di cuenta de que tu brazo derecho estaba amoratado, de que no podías estirarlo.

—¿Qué ha pasado? —pregunté a tu madre, que aún estaba acostada. Cada vez duerme más, como si no tuviera suficientes energías para levantarse de la cama.

—¿Qué ha pasado con qué?

—¿Qué ha pasado con el bebé, que tiene el brazo amoratado?

—¿Es culpa mía que los bebés sean tan frágiles? —gruñó tu madre antes de echar la sábana a un lado para mostrarme sus curvas envueltas por el camisón—. ¿Cuándo fue la última vez que hicimos el amor?

—¿Cómo puedes ponerte cachonda cuando nuestro hijo está llorando?

—¿Has dejado de considerarme atractiva?

Casi contesté que sí, que hace tiempo que no me parece hermosa, que por qué no entiende que las mujeres son como las bolsas de plástico del supermercado, que son de un solo uso.

—Me gustaría saber qué pasa últimamente por tu cabeza —dije—, porque no tengo ni idea.

—Esa criatura no es mi hijo —chilló tu madre antes de volver a cubrirse con la sábana—. ¿Has visto cómo me mira? Me mira como si me odiara.

Quise responderle que cómo cojones iba a mirar un bebe a alguien con odio, pero callé porque mi prioridad era llevarte cuanto antes al hospital.

El médico continúa observándome con gesto reprobatorio.

—Concha —grita—, ¿podrías venir un momento?

Una enfermera abre la puerta de inmediato.

—Quédate con ellos, que tengo que traer el material para inmovilizarle el brazo al bebé —ordena el médico sin aclarar que ha llamado a la enfermera porque no quiere dejarme a solas con el niño. ¿Qué piensa que ocurrirá una vez que abandonemos el hospital?

Mientras espero a que el médico vuelva, me hago una pregunta similar: ¿cómo podré protegerte, hijo mío, cuando regresemos a casa?

Sábado, 17 de mayo de 1986, 7:25 a. m.

El todoterreno avanza con torpeza por la pista de tierra que conduce a Caleta de Sebo.

El mar a mi izquierda está tranquilo, nada que ver con la tormenta huracanada que me sacude por dentro. Las mentiras, hijo mío, son como un tumor maligno que va agrandándose hasta alcanzar el tamaño de una pelota de golf. El tumor es tan grande que anoche dormí con un cuchillo debajo de la almohada.

Clemente nos despertó unos minutos antes de las siete de la mañana. Como otras veces, vestía una camiseta demasiado ajustada.

—Me imaginé que querrían coger el barco de las ocho —anunció cuando tu padre abrió la puerta—. Si quieren irse, mejor háganlo cuanto antes porque volverá el mal tiempo. Este mes está siendo duro para los pescadores con tanto reboso.

¿Habían arrestado o no a Clemente? La sorpresa que nos causó su presencia, sin embargo, pudo menos que las prisas por vestirnos, por cerrar las maletas, por asegurarnos de que no nos olvidábamos nada.

Cuando tu padre guardó su cámara fotográfica, me percaté de que el objetivo estaba manchado de sangre. «¿Golpeaste a alguien con la cámara?», quise saber, pero callé para evitar una discusión. Había llegado a un acuerdo tácito con tu padre: ninguno de los dos haría preguntas incómodas, al menos hasta que regresásemos a Madrid. Una tregua, vamos.

Los vecinos alemanes vinieron para despedirse, pese a que aún era temprano. Gertrud me dio un táper. «Un poco de frangollo para endulzar el viaje de vuelta», dijo. Herman me besó la mejilla dejando por detrás un poso de saliva. Estuve a punto de replicarle a la mujer que no me gustaba el frangollo porque era demasiado dulce, de denunciar al hombre por ser un viejo verde.

El todoterreno continúa avanzando por la pista de tierra.

—¿Cuándo regresaste? —dice tu padre, que está sentado al lado del conductor.

—Un primo me trajo anoche con su barca —explica Clemente—. Me soltaron hace un par de días, aunque no sé si por falta de pruebas o porque sospechan de otra persona. Un testigo afirmó que me vio discutir con Hilaria antes de que desapareciera. Una mentira como una catedral porque esa noche no nos vimos. Como averigüe quién mintió para inculparme, no sé qué haré, pero puedo asegurar que nada bueno.

—¿Quién crees que es el culpable?

—Mi madre, que está enterada de todo, me contó que el loco del taparrabos casi fue a la cárcel hace unos años por asediar una mujer. Mis apuestas están con él.

Clemente me mira de refilón mientras habla. Créeme, hijo

mío, la culpa es igual de cancerígena que las mentiras, invade los órganos de alrededor hasta dañarlos de forma irreversible.

El olor a pescado que desprende el interior del vehículo es tan intenso que, a pesar del polvo que sé que entrará, no me queda más remedio que bajar un poco la ventanilla.

—¿Estás mareada? —pregunta tu padre mientras posa la mano derecha sobre mi rodilla izquierda.

Como si sus dedos fueran gusanos, muevo la pierna a un lado para huir de su contacto. «Que no sea capaz de matar a alguien no significa que sea una buena persona», había dicho Dalila acerca de tu padre, pero quizás sí sea capaz de matar. Ojalá no me hubiera acordado de Dalila; va a enfadarse porque no me he despedido de ella.

Oigo cómo tu padre suspira antes de retomar su conversación con Clemente.

—Siento muchísimo la muerte de Hilaria —dice.

—Mi madre no paraba de decirme que no dejara escapar a una chica tan buena, a una chica, además, con estudios. Como las películas románticas eran sus preferidas, tenía pensado arrodillarme delante de ella para pedirle que nos casáramos.

El manillar de la puerta me golpea el costado con cada tumbo del todoterreno. Menos mal que el viaje hasta Caleta de Sebo no es largo. Quiero irme cuanto antes de esta isla, hijo mío, aunque me aterra la idea de regresar a Madrid con tu padre. ¿Crees que seremos capaces de retomar nuestras vidas como si no hubiera pasado nada? Me imagino cómo serán nuestras mañanas a partir de ahora. «Cariño, ¿mataste a otra mujer anoche?». «Claro que no, amor mío, estaba demasiado cansado, pero tal vez me anime a hacerlo un día de estos». «Hazlo con discreción, sabes que cualquier escándalo sería perjudicial para mi carrera».

Clemente aparca al lado del muelle. Con agilidad, salta del vehículo para abrir el portalón trasero.

—El barco está a punto de llegar —dice mientras saca nuestras maletas.

El barco atraca cinco minutos más tarde cargado de pasajeros. Uno de los pasajeros nos saluda nada más desembarcar, con una gorra montañera demasiado pequeña para su cabezón. Hijo mío, siento cómo me desinflo cuando reconozco al cabo Castillo con el uniforme verde arrugado.

—Qué casualidad, con ustedes precisamente quería hablar; me han ahorrado el viaje hasta su casa —exclama el cabo Castillo con la efusión de quien ha ganado la lotería.

Un guardia civil más joven desembarca también. Es el mismo que acompañó al cabo Castillo la primera vez que vino a interrogarnos, el mismo que vomitó nada más ver el cadáver de Hilaria.

—Ha tenido suerte porque regresamos a Madrid —indica tu padre—. El barco no espera, así que dese prisa si tiene algo que decirnos.

El cabo Castillo chasquea la lengua como con pesar.

—Me temo que no podrán marcharse de momento, que van a tener que disfrutar de esta isla paradisíaca unos días más.

—¿Es una orden? —resopla tu padre—. He oído que sospechan de ese loco que va con un taparrabos.

—¿Habla de Genaro? Es verdad que no está bien de la cabeza, pero la susodicha noche estuvo jugando a las cartas con un grupo de pescadores hasta casi el amanecer. Él tiene una buena coartada, a diferencia de usted. Un nuevo testigo ha contradicho su declaración.

—¿Quién es ese nuevo testigo?

—Entenderá que no pueda decirle quién es —contesta el

guardia civil tras encogerse de hombros—. Usted afirma que regresó a su casa a las dos de la mañana, ¿cierto?

—Cierto.

—Su esposa corrobora que volvió a esa hora, ¿cierto?

El cabo Castillo me mira a la espera de mi respuesta.

—Cierto —digo, aunque no sé cómo me ha salido la voz.

—Como he dicho —continúa el guardia civil dirigiéndose otra vez a tu padre—, no van a poder marcharse hasta que aclaremos sin ningún asomo de duda dónde estuvo desde que salió del bar hasta que regresó a su casa. Este nuevo testigo que acabo de mencionar ha declarado que vio a un desconocido rondando por las afueras del pueblo a eso de las tres de la mañana. La descripción que nos proporcionó de este desconocido no da lugar a equívoco. Es a usted a quien vio, así que es imposible que pudiera haber regresado a su casa a las dos.

—¿Qué pasaría si subimos a ese barco? —amenaza tu padre.

—Me vería obligado a arrestarlo.

—Si cree que tuve algo que ver con la muerte de Hilaria, ¿por qué no me arresta ahora mismo? Contestaré por usted: porque no tiene ninguna otra prueba aparte de las falsedades de ese nuevo testigo.

El cabo Castillo vuelve a encogerse de hombros.

—Hemos investigado sus antecedentes: su primera esposa murió por una sobredosis de barbitúricos, ¿cierto?

—La muerte de mi primera esposa fue un accidente —dice tu padre antes de acercarse a una mujer que espera para embarcar—. Señora, discúlpeme, ¿podría indicarme dónde está la cabina telefónica?

Sin mediar palabra, tu padre sigue las indicaciones de la mujer.

—¿Qué vas a hacer? —grito porque no quiero quedarme a solas con el guardia civil.

Como tu padre responde sin ni siquiera volverse, solo entiendo algo acerca de llamar a su abogado.

El cabo Castillo vuelve a reclamar mi atención con un carraspeo.

—Mi mujer quiere darle las gracias por el autógrafo; me costó convencerla de que era auténtico, no crea —confiesa el guardia civil, pero no reacciono porque un hombre con una barba espesa me está apuntando con una cámara fotográfica.

—Ofelia —dice el hombre barbudo tras bajar la cámara—, ¿qué sabe del asesinato de Hilaria Hernández?

Un periodista, hijo mío; mucho habían tardado. He conocido a multitud de periodistas, cada cual más ansioso por conseguir una primicia. Como buitres atraídos por la carroña. «El primer amor de la niña de Chocoflor». «La boda secreta de la niña de Chocoflor». «La niña de Chocoflor va a ser madre».

Miro a mi alrededor con la sensación de que me han invitado a un museo de los horrores. Clemente, sentado tras el volante del todoterreno. El cabo Castillo, con los pulgares colgados del cinturón. El periodista, apuntándome con su cámara. ¿Cuándo llegará la nube tóxica provocada por el accidente de Chernóbil? He oído que este tipo de explosiones puede ocasionar una lluvia radiactiva. ¿Cuándo caerá esa lluvia para que disuelva hasta mis huesos?

28

OFELIA

Sábado, 17 de mayo de 1986, 8:30 a. m.

El periodista siguió haciéndome preguntas malintencionadas, pero escapé con la maleta a rastras sin esperar a tu padre.

Unos días antes de venirnos a la isla, me enviaron el guion de mi próxima película. Hijo mío, esta podría ser una de las escenas. ¿Quieres saber de qué va? Es la historia de una mujer perteneciente a una familia acomodada que viaja a un pueblo remoto para contraer matrimonio con el cacique del lugar. Me imagino a esta mujer cosmopolita caminando por las calles del pueblo, igual de polvorientas que estas de Caleta de Sebo. He aprendido que actuar significa ser uno mismo ante distintas situaciones, desnudar nuestra alma, sea subidos al escenario de un teatro o delante de una cámara de cine. ¿Crees que esta experiencia va a servirme para interpretar mejor mi papel? Espero que sí, es mi único consuelo.

Un gato que está aseándose me vigila. El mismo perro que me siguió el día que me atacó el loco, u otro igual de feo, me ignora para ir a mear a una esquina. Unas gallinas picotean unos granos que alguien ha tirado al suelo.

Me paro por fin delante de la única tienda de víveres. Un vecino ha dejado una carretilla al lado de la puerta. Me pregunto si es la misma carretilla que emplearon para transportarme al consultorio cuando perdí el conocimiento.

La venta está concurrida. Cinco mujeres esperan su turno frente a un mostrador de madera mientras la dependienta, con un delantal a cuadros, pesa una mano de plátanos. Las estanterías parecen estar a punto de colapsar, con latas amontonadas unas sobre otras, con productos de limpieza, con rollos de papel higiénico, con paquetes de pilas. Hasta distingo unas bolsas de Chocoflor. Huele a almíbar, como si alguien hubiera abierto una lata de melocotones.

Una radio encendida acompaña a las voces de las mujeres. El aparato está al lado de la caja registradora.

«El líder soviético Mijaíl Gorbachov —relata el locutor— ha afirmado que la situación por el accidente de Chernóbil está controlada. También ha explicado que si el átomo concebido para la paz ha provocado daños enormes, aquel concebido para la guerra, el átomo militar, será mil veces más catastrófico».

Las mujeres, sin embargo, no están prestando atención al locutor.

—¿Estas papas son nuevas?

—¿Cómo es que el aceite está más caro que el mes pasado?

—Mi hija dice que la mantequilla engorda, que por qué no compro margarina, pero no sé, no me sabe igual de bien.

La conversación que mantienen dos de las mujeres es mucho más interesante.

—Este fin de semana tengo la pensión casi llena con turistas.

—¿Ese hombre rubio con pintas de nórdico va a quedarse mucho más tiempo? Mira que es alto. Mi marido dice que podría ser jugador de baloncesto.

—Me dijo que dejaría el cuarto mañana mismo. Mucho turismo no ha hecho porque apenas ha salido.

Hijo mío, ¿estarán hablando del falso vendedor de enciclopedias?

Las mujeres interrumpen su parloteo cuando entro con la maleta, pero es evidente que permanecer calladas durante mucho rato no va con ellas.

—¿Es la niña de Chocoflor? —susurra una mujer.

—La mismita —confirma otra.

—Qué guapa es, igualita que Marisol —alaba la propietaria de la pensión.

Me acerco al mostrador con mi sonrisa de un millón de pesetas.

—¿Me podría decir dónde vive Dalila? —pregunto.

—¿Dalila? —atina a responder la dependienta tras recuperarse de la sorpresa.

—Sí, Dalila, la chica que va a limpiar al caserío de Pedro Barba. Creo que vive cerca de aquí.

El resto de las mujeres continúa observándome.

—Hazme caso, niña, que he parido cuatro hijos —me dice una—; aprovecha para dormir ahora que puedes.

—El primer embarazo es el peor —comenta otra—; con mi primogénito, estuve casi treinta horas de parto, una auténtica pesadilla.

Me limito a sonreír mientras escucho estas recomendaciones bienintencionadas.

La dependienta coloca la mano de plátanos sobre el mostrador antes de salir conmigo a la calle. Me señala una casa de una sola planta con la puerta de color verde.

—Es una chica rara que no habla mucho —puntualiza, pero no indago más.

Una de las vecinas sale detrás de mí con la clara intención de pedirme un autógrafo. Menos mal que consigo escapar antes de que abra la boca.

Cuando toco a la puerta verde que me indicó la dependienta, nadie me abre.

Considero la posibilidad de esperar hasta que Dalila regrese, pero el periodista arruina mis planes.

—Ofelia, me alegro de haberla encontrado. Que sepa que su marido está buscándola como loco —dice con una sonrisa falsa—. Me gustaría aprovechar que está sola para hacerle unas preguntas. ¿Cree que es una coincidencia que su marido vuelva a estar relacionado con la muerte de una mujer? He podido averiguar que su primera esposa murió por una sobredosis de barbitúricos. ¿Qué puede decirme con respecto de las alegaciones de que no fue ni un accidente ni un suicidio?

Me alejo del periodista, esta vez sin arrastrar la maleta, que dejo delante de la puerta verde porque no creo que nadie sienta la tentación de robarla. Camino con pasos apresurados hasta detenerme frente a la iglesia. Cuando miro atrás, me percato de que el periodista no me ha seguido.

La iglesia, por suerte, está vacía. Me siento cerca del altar marinero con la esperanza de que ni tu padre ni el periodista me encuentren. Supongo que tu padre estará maldiciéndome por desaparecer sin decir nada. «Mira que disfrutas siendo dramática, da igual que estés delante como detrás de las cámaras», ha dicho más de una vez. El periodista, por su parte, estará interrogando a las mujeres de la venta. Si quiere investigar la muerte de Hilaria, ¿qué mejor lugar que la única tienda de víveres del pueblo?

Hijo mío, la cabeza me da vueltas como una noria que, de pronto, empieza a girar a demasiada velocidad. He de tranquilizarme para que las góndolas no salgan despedidas. Odio las norias porque vomité cuando me subí a una de pequeña, aunque creo que fue por culpa de los churros grasientos que comí con anterioridad. Los churros siempre me han sentado mal.

Una anciana jorobada entra con la cabeza cubierta por un pañuelo. Con pasos cansinos por la edad, camina hasta un candelabro para prender una de las velas. El olor de las velas compite con el del incienso. ¿Cuál será el motivo de sus ruegos? Quizás debería hacer como esta anciana, encender una vela para rogarle a la virgen del altar que me guíe.

Oigo unos nuevos pasos, pero no me atrevo a mirar para averiguar quién ha entrado. Cruzo los dedos para que sea otro feligrés.

—Me alegro de haberte encontrado —musita alguien tras sentarse a mi lado.

Es Dalila, menos mal, que me coge la mano para colocarla sobre su muslo. Hijo mío, mi suspiro de alivio ha hecho oscilar las llamas de las velas.

—¿Cómo sabías dónde estaba? —pregunto.

—La encargada de la venta me dijo que estabas buscándome —explica Dalila mientras entrelaza sus dedos con los míos—. Como supuse que estarías escondiéndote de ese periodista que acaba de llegar a la isla, pensé que quizás habías venido a la iglesia. Caleta de Sebo no tiene muchos sitios donde uno puede esconderse durante un rato. O bien el bar, o bien la iglesia, pero el bar no es una opción a menos que quisieras ahogar tus penas con vino malo.

—Me imagino que, a estas alturas, todo el mundo estará enterado de que un periodista ha venido a la isla para indagar acerca de la muerte de Hilaria.

—Cuando fui a la venta, el periodista estaba intentando sonsacar información a las clientas.

Miro nuestras manos entrelazadas, que encajan como los engranajes de un motor.

—Creo que mi marido mató a Hilaria —digo con voz baja para que la anciana no me oiga.

Quiero contarle que encontré el collar de Hilaria dentro de uno de los cajones del dormitorio. Quiero contarle que sospecho que la muerte de su primera esposa no fue accidental. Quiero contárselo todo, pero no consigo formar las palabras, como si mis cuerdas vocales estuvieran paralizadas.

—Si crees que mató a Hilaria, ¿por qué sigues protegiéndolo? —añade Dalila.

Esta es la esencia de la cuestión. ¿Qué hacer cuando descubres que el escudo que has elegido para protegerte está roto, que es posible que haya sido usado para matar? ¿Qué hacer cuando es demasiado tarde para cambiarlo por otro?

—¿Me podría quedar contigo esta noche hasta que ordene el caos de mi cabeza? —ruego.

—Claro que sí.

Continuamos sentadas un rato más con las manos entrelazadas, sin que ninguna de las dos tenga prisa por abandonar este refugio transitorio.

La anciana, después de murmurar varias oraciones, pasa a nuestro lado de camino a la puerta.

—He rezado también por usted —me dice.

Me gustaría preguntarle por qué habría de rezar por mí, pero me limito a darle las gracias.

Un dolor repentino me sube por la espalda como si fuera un mono trepando por un árbol. El malestar es pasajero, así que no me preocupo. Hijo mío, no paras de darme la tabarra.

Sábado, 17 de mayo de 1986, 10:30 a. m.

Hijo mío, los filisteos pidieron a Dalila que descubriera el secreto de la fuerza de Sansón. Tres veces Dalila preguntó a Sansón cuál era su secreto. Tres veces Sansón mintió a Dalila. Hasta que un día, Dalila exigió a Sansón que dejara de engañarla. «¿Cómo puedes decir que me quieres después de mentirme tres veces?». Sansón, quizás porque sí que estaba enamorado de Dalila, porque no quería seguir mintiéndole, reveló que solo cortándose el pelo sería igual de débil que cualquier otro hombre. Con Sansón dormido sobre su regazo, Dalila aprovechó para rasurar las siete trenzas de su cabellera. Gracias a la traición de Dalila, los filisteos consiguieron por fin prender a Sansón.

—¿Me cortarías el pelo? —pregunto a Dalila. ¿Qué otra cosa podría pedirle a alguien con ese nombre?

La casa donde vive Dalila es diminuta: un salón, un dormitorio, una cocina, un baño. Cada cuarto más pequeño que el anterior. Con unos muebles viejos, con un televisor más viejo aún, con unas paredes cochambrosas que, como no podía ser de otra manera, huelen a pescado igual que el resto del pueblo.

El televisor está encendido, aunque sin volumen. Me quedo mirando la pantalla unos segundos porque, de pronto, veo a Alaska con un vestido de novia. Cantante, pero también actriz, según parece. Me imagino que es el programa infantil que emiten los sábados por la mañana. Casi me echo a reír porque tengo la impresión de que la cantante me persigue desde que salimos de Madrid.

Una escopeta está recostada contra el lateral del televisor, con un aspecto viejuno a juego con los muebles.

—¿Cómo es que tienes una escopeta? —digo nada más ver el arma.

—Es del hombre que me ha alquilado la casa, no es mía —explica Dalila.

He de contarte, hijo mío, que tu abuelo es cazador, así que las armas no me producen desazón, aunque me sorprende ver una colocada de esa manera tan casual, como si fuera un jarrón.

—¿Has disparado una escopeta alguna vez? —indago.

—Qué va, no sabría ni cómo cargarla —asegura Dalila mientras esconde el arma dentro de un aparador.

—¿Me cortarías el pelo? —pregunto de nuevo.

—Haré cualquier cosa que me pidas, pero el resultado no va a ser profesional —responde Dalila con una sonrisa que ilumina su rostro de muñeca.

—¿Continuaré pareciéndome a Marisol con el pelo corto?

—Eres mucho más guapa que Marisol, con el pelo corto o largo.

¿Cómo reaccionaría el director de mi próxima película si

me presentase el primer día de rodaje con el pelo corto? Si el guion me exigiera tener el pelo largo, no me quedaría más remedio que ponerme una peluca.

Dalila me invita a acompañarla al cuarto de aseo que, a falta de bañera, tiene una tina de plástico.

—Siéntate —me indica tras colocar un taburete al lado de la tina.

Espero sentada mientras Dalila va a la cocina. Oigo el ruido de unos calderos, de un grifo abierto. Me llega el olor de una cerilla. Como si hubiera puesto algo al fuego.

Unos minutos después, regresa con un caldero. Ha calentado un poco de agua porque no debe tener termo.

—Echa la cabeza hacia atrás —me ordena.

Dalila vierte parte del agua del caldero sobre mi larga cabellera. El agua cae dentro de la tina como una cascada.

—¿Está demasiado caliente?

Cuando contesto que no, vierte un poco más de agua. Cierro los ojos cuando empieza a lavarme el pelo con un champú que, a juzgar por el olor, debe de ser para bebés. Me gusta que me masajeen el cuero cabelludo.

Dalila aclara el champú con el resto del agua.

—Si estás convencida de que tu marido es un asesino, no comprendo por qué no tienes miedo de él —dice.

Coloco las manos sobre la barriga. La mano derecha, por encima; la mano izquierda, por debajo.

—Mientras esté embarazada, no me hará daño.

—¿Qué ocurrirá cuando des a luz?

Dalila me seca el cabello con una toalla antes de sacar unas tijeras de un armarito. Con destreza, va atrapando el pelo con una mano mientras, con la otra, corta las puntas. Los mechones rubios caen al suelo como las hojas secas de un árbol a principios de otoño.

—Me has engañado —digo—; no es la primera vez que cortas el pelo a alguien.

—He tenido que cortárselo a mi madre muchas veces —confiesa Dalila mientras comprueba que el pelo a ambos lados de mi cara esté a la misma altura.

—Eres una buena hija.

—Qué remedio; mi madre odiaba ir a la peluquería.

Dalila me ofrece un pequeño espejo para que pueda verme. Coloco el espejo delante de mí.

—¿Corto más?

Me acaricio la nuca casi desnuda con la mano libre.

—Es perfecto, muchas gracias —contesto.

—Las gracias no son necesarias entre amigas.

Dalila, que está de pie detrás de mí, agacha la cabeza hasta posar la barbilla sobre mi hombro. El espejo refleja nuestros rostros. ¿Cómo no me había dado cuenta de que nos parecemos un montón?

—Cualquiera que nos viera juntas pensaría que somos hermanas —musito.

—Qué va; tú eres mucho más guapa —dice Dalila antes de acercar sus labios a mi mejilla para darme un beso.

Hijo mío, no es verdad que sea más guapa que ella. Hace meses que mi cara está cubierta de granos, con un sarpullido que va desde cada lado de la nariz hasta los pómulos. Un perjuicio más del embarazo.

Me gustaría que me besara de nuevo, pero Dalila separa su rostro del mío para encaminarse hacia el mismo armarito de antes. Unos segundos después, regresa con un secador.

El estruendo del secador nos envuelve durante un rato.

—Creo que deberías denunciar a tu marido —aconseja Dalila una vez que apaga el secador.

Me es imposible hablar porque siento como si una bola de algodón estuviera atascando mi garganta.

Qué fácil resultaría. «Cabo Castillo, mi marido no regresó a las dos de la mañana como contó, sino a las cuatro». «Cabo Castillo, mi marido escondió un collar que pertenecía a Hilaria». Qué fácil resultaría, pero al mismo tiempo, qué tarea más ardua. Cuando decidí no abortar, encendí la primera chispa de la revolución. Hijo mío, ¿qué debo hacer para que vuelva a prender? Había pensado que mi escudo me protegería hasta el final. Hacerlo añicos con mis propias manos sería un gesto de bravura, pero no sé cómo ser valiente.

Dalila guarda el secador antes de acuclillarse delante de mí.

—Con este nuevo aspecto, quien diga que eres idéntica a Marisol es porque está ciego.

—Mira quien habla; ¿no te han dicho nunca que tú también tienes un aire a Marisol? —digo tras escupir la bola de algodón.

—Mi madre solía decir que me parezco a la niña de Chocoflor —replica Dalila.

Estas palabras provocan que eche los hombros hacia atrás, como si mi cuerpo reaccionara a un peligro que mi cerebro aún es incapaz de detectar.

La sensación de amenaza, sin embargo, desaparece enseguida.

El rostro de Dalila está tan cerca del mío que no puedo resistirme. Muevo la cabeza hacia delante para besar sus labios con la timidez de un adolescente.

Unos golpes de alguien tocando a la puerta interrumpen el

beso, aunque no sé si debería llamarlo de esa manera cuando no ha sido más que el leve roce de unos labios contra otros.

Dalila sale del baño para ver quién es.

—Es mejor que vengas —oigo que dice nada más abrir la puerta.

Me apresuro a seguirla.

Han dejado una prenda doblada delante de la puerta, el vestido de color amarillo que el loco del taparrabos me robó hace más de una semana. El vestido está limpio, incluso da la impresión de haber sido planchado.

Una risa estridente suena desde el extremo de la calle.

El loco, que esta vez lleva puesto un vestido de lunares, me lanza un beso volado.

Una mujer regordeta sale de una casa para encararse con el loco.

—¿Qué haces con uno de mis vestidos, desgraciado? ¿Cuándo vas a dejar de robar la ropa de otros?

Sin prestar atención al enfado de la mujer, el loco escapa corriendo con el vestido de lunares enredado entre las piernas.

Domingo, 18 de mayo de 1986, 2:15 a. m.

La cama es estrecha, por lo que no nos queda más remedio que acostarnos de lado. Dalila me abraza por detrás, aunque a diferencia de tu padre, su brazo no rodea mi barriga, sino mi hombro. Me está abrazando a mí, hijo mío. ¿Estás envidioso?

Un ruido me sobresalta, pero vuelvo a cerrar los ojos para continuar durmiendo.

Cuando oigo un nuevo ruido, me despierto por completo.

La única ventana está abierta a medias para dejar entrar la brisa del mar. La oscuridad es asfixiante, pero consigo atisbar una silueta al otro lado de la ventana, acompañada de un clic. Un clic que identifico de inmediato porque es el sonido que hace el disparador de una cámara fotográfica.

—Es el maldito periodista —dice Dalila antes de saltar de la cama para correr descalza hacia el aparador.

—¿Qué vas a hacer? —exclamo cuando me percato de que ha cogido la escopeta que había guardado dentro del mueble.

—Enseñarle una lección a ese cabrón.

Me levanto de la cama con torpeza para seguirla. Con las prisas, no tengo tiempo ni de calzarme unas chanclas, así que salgo descalza a la calle vestida con solo una camisola que apenas me cubre el culo.

Corro detrás de Dalila hasta el muelle pese al dolor que siento cada vez que piso un guijarro.

Las farolas del muelle están apagadas, como trabajadores llamados a hacer una huelga de brazos caídos. Está tan oscuro que el risco de Famara, al otro lado del río de mar, es casi indiscernible. Hasta las barcas fondeadas parecen bestias dormidas que cabecean con el vaivén de las olas. Si surgiera un leviatán con el aspecto de un dragón, no me sorprendería.

Cuando llego a la punta del muelle, me detengo para coger aire. Huele a pescado, pero también a gasoil, a aceite, a salmuera.

El escenario con el que me encuentro bien podría estar sacado de una película de acción. Dalila está apuntando a un hombre con la escopeta. Es el periodista barbudo que intentó entrevistarme hace unas horas, no me cabe duda.

El periodista está de espaldas al mar, con una cámara colgada del cuello. Como un animal acorralado sin escapatoria, no puede ni dar un paso atrás por temor a caer al agua.

—Si quieres el carrete, solo tienes que pedírmelo —gime el periodista que, con manos torpes, intenta abrir la compuerta trasera de la cámara—; no es necesario que me amenaces con un arma.

Dalila grita mi nombre sin dejar de encañonar al periodista.

Camino unos pasos hacia ella hasta situarme a su lado. Casi ni siento el dolor de las plantillas de los pies, como si mi cuerpo no tuviera nervios. Si alguien me golpeara ahora mismo, no me dolería.

Dalila me ofrece la escopeta, pero dudo porque no sé cuál es su intención.

—Coge el arma —me ordena.

Hijo mío, me das una patada, quizás con el propósito de sacarme de mi estupor, de activar los nervios adormecidos de mi cuerpo.

—Coge el arma —insiste Dalila.

Esta vez sí obedezco. Con manos igual de ineptas que las del periodista, agarro la escopeta como me enseñó tu abuelo cuando iba con él a cazar perdices. Con la mano izquierda sostengo el cañón. Con la mano derecha sujeto la culata, que pego al hombro. Mi dedo índice acaricia el gatillo con la misma aprensión que si fuera el cuerpo correoso de un lagarto.

—¿Has disparado una escopeta alguna vez? —me pregunta Dalila.

Cuando vi la escopeta recostada contra el lateral del televisor, hice esta misma pregunta. Ella respondió que no, pero creo que me mintió.

—Mi padre me enseñó —contesto.

El periodista, por fin, consigue sacar el carrete de la cámara.

—¿Queréis o no el carrete? —balbucea—. Me marcharé mañana de la isla; os aseguro que no volveréis a verme el pelo.

Dalila acerca su boca a mi oído sin hacer caso de las promesas del hombre.

—Dispara —susurra con la misma voz que debe usar el diablo para tentar a sus víctimas.

Me tiembla el dedo índice que está rozando el gatillo. Me

tiemblan los brazos porque la escopeta cada vez pesa más. Me tiembla el cuerpo que el mar ha bañado con una capa de sal.

—¿Estás loca? —mascullo.

—Dispara, ¿a qué esperas? —susurra de nuevo Dalila. Cada una de sus palabras es un soplo tórrido que me abrasa la oreja.

El periodista extiende la mano para ofrecernos el carrete. Como si ese gesto pudiera servirle de protección contra una bala.

—Este carrete contiene todas las fotos que he hecho desde que llegué a la isla —lloriquea.

—Dispara —ordena Dalila una tercera vez.

Hasta tú me das otra patada, hijo mío. ¿También me estás apremiando para que dispare?

Mi dedo índice cobra vida propia, incapaz de resistir la voz tentadora del diablo. Cuando aprieto el gatillo, sin embargo, no ocurre nada.

La escopeta está descargada.

—Mala hierba nunca muere —dice Dalila con tono burlón mientras da varios pasos hacia el periodista para arrebatarle el carrete—. Si vuelvo a verte, me aseguraré de que la escopeta esté cargada.

El periodista cae al suelo de rodillas como una marioneta con los hilos cortados.

Me quedo quieta durante no sé cuánto tiempo, sin atreverme siquiera a bajar el arma.

—Cuando me mudé, encontré esta escopeta dentro de uno de los aparadores de la casa, pero por más que busqué, no hallé ninguna caja de cartuchos. ¿Cómo iba a sugerirte que dispararas de haber estado cargada? —dice Dalila—. ¿Quieres oír uno de mis chistes? Una mujer va a una librería. ¿Tienen libros sobre el cansancio?, pregunta. Claro que sí, responde el librero, pero ahora mismo están todos agotados.

El chiste, pese a que es malo, consigue que, por fin, baje el arma. Mi cuerpo continúa temblando como una bandera batida por el viento.

Con una mano, Dalila aparta el pelo que ha caído sobre mi rostro.

—Mira que eres tonta; ¿por qué estás empapada de sudor? —añade antes de quitarme la escopeta porque he estado a punto de dejarla caer al suelo.

Hijo mío, si crees que nunca serías capaz de disparar a alguien, debes saber que la decisión entre apretar o no el gatillo no es tan ardua como parece.

31

SALOMÓN

Me casé con tu madre, hijo mío, porque además de ser mi salvadora, me confesó que estaba embarazada, pero tengo que protegerte, separarte de ella como sea.

—Quiero el divorcio —anuncié esta mañana nada más despertarme.

Una luz herrumbrosa me cegó un instante cuando abrí los ojos. Había pasado una mala noche porque tu madre, desde las dos hasta casi las cinco de la madrugada, no paró de quejarse de que los vecinos de arriba tenían puesta la música demasiado alta. «Cómo no bajéis el volumen, os aseguro que avisaré a la policía», gritó al techo más de una vez. ¿Qué música ni qué carajos? El único ruido era el de los coches. Un amigo me sugirió que buscara a un buen psiquiatra, que era posible que tu madre sufriera algún tipo de trastorno postparto. Esos medicuchos, sin embargo, solo sirven para sacarle a uno el dinero.

—Quiero el divorcio —repetí porque no estaba seguro de que tu madre me hubiera oído.

—Si me dejas —dijo ella desde el otro lado de la cama—, me cercioraré de que no vuelvas a ver a tu hijo.

—Obtendré su custodia.

—El juez nunca separará a un niño de su madre.

—El juez me dará la custodia cuando sepa que eres una maltratadora.

—¿Qué pruebas tienes?

—Están los partes del hospital.

—Cuando cuente que cada día es una pesadilla porque nos pegas a los dos siempre que estás de malhumor, ¿qué piensas que ocurrirá? Es tu palabra contra la mía —ironizó tu madre antes de arrebujarse bajo las sábanas.

—¿Cuál es el motivo de tu obstinación por conseguir la custodia si estás convencida de que no es tu hijo, de que es el hijo de otra mujer?

Me levanté de inmediato de la cama porque el calor que desprendía el cuerpo de tu madre me estaba abrasando igual que si me hubieran metido dentro de un horno incinerador.

—Me consideras una mala madre, es eso, ¿verdad? —chilló ella.

Quise replicarle que sí, que era una mala madre, que había revelado un carrete que encontré entre sus cremas. Eran fotos de tu rostro congestionado por el llanto, hijo mío, sacadas de tan cerca que podían verse los poros de tu piel.

Cuando consulté con mi abogado, su respuesta fue rotunda. «Mi obligación es informarte de que, tal como están las cosas, tienes todas las de perder», me advirtió antes de explicarme los pasos que debía seguir.

—Si quieres divorciarte de ella, deberéis estar un año como mínimo sin vivir juntos; solo entonces podrás solicitar la separación judicial —me aclaró—. Una vez separados judicialmente, será necesario que transcurra otro año para pedir el divorcio.

—¿Qué posibilidades tengo de conseguir la custodia de mi hijo?

—Me temo que ninguna o casi ninguna.

Hijo mío, no podré protegerte si no consigo tu custodia, así que he llegado a la conclusión de que la única forma de garantizar tu seguridad es que tu madre desaparezca de tu vida. Me importa tres cojones qué piensen los demás, aunque me da miedo que, cuando crezcas, me maldigas por haberte dejado sin madre. Hace días que me faltan fuerzas hasta para levantar una cámara. Un fotógrafo que no saca fotos, qué risa. Mis clientes están molestos porque no hago más que cancelar sus citas, pero no quiero dejarte a solas con tu madre ni un minuto. Como esta situación no cambie pronto, será mi ruina.

He de concebir aún un plan de acción, pero de momento, aquí me tienes, dispuesto a hacer cualquier cosa para protegerte.

Si no me queda otra salida, hasta sería capaz de matar a tu madre.

32

OFELIA

Domingo, 18 de mayo de 1986, 7:45 a. m.

El barco parte a las ocho de la mañana. Como quiero asegurarme de que el periodista cumpla su promesa, me encamino al muelle. Mi mala suerte no me abandona porque me topo con Clemente, que acaba de salir de una casa que necesita una mano de pintura.

—Buenos días —me saluda.

El sol matutino ilumina la cicatriz de su mentón, de forma que la mordida de la morena brilla como si fuese de plata.

—Buenos días —balbuceo antes de acelerar el paso.

—Madre —aúlla Clemente a través de la puerta todavía abierta de la casa—, volveré para la hora de comer.

Quizás no sea un asesino, pero sigue siendo un villano sin dos dedos de frente.

Cuando llego al muelle, los pasajeros están subiendo al barco con sus mejores galas, como si ir a la isla vecina fuera una ocasión especial. Los hombres, con camisas tiesas por el almidón, con pantalones con el filo tan marcado que podría cortar. Las mujeres, con vestidos sin ninguna arruga, con zapatos relucientes después de una buena capa de cera. El olor a colonia barata casi puede saborearse.

El periodista está esperando su turno con una pequeña maleta. Con la camisa arrugada, desentona entre tanto almidón. Cuando advierte mi presencia, agacha la cabeza igual que un animal asustado. Es la primera vez que alguien tiene miedo de mí. Me siento como un superhéroe que acaba de descubrir que puede volar. Me pregunto si tú también tendrás miedo de mí cuando nazcas. Un hijo que teme a su madre no es raro, a decir verdad. Con respecto al periodista, sé que no contará nada. ¿Quién creería que la niña de Chocoflor sea capaz de amenazar a alguien con una escopeta? La realidad, a veces, supera con creces a la ficción.

El periodista baja los escalones de piedra del muelle para embarcar. Casi pierde el equilibrio porque los escalones, con una capa de musgo, están mojados. Cuando por fin consigue subirse al barco, suelta un suspiro de alivio. Como un condenado que hubiera logrado escapar del corredor de la muerte.

Un carraspeo, de pronto, suena detrás de mí.

Hijo mío, el carraspeo debe de haberte sobresaltado porque me pegas una patada.

Cuando me giro, el falso vendedor de enciclopedias me regala una sonrisa burlona. Carga una mochila grande, de esas que usan los excursionistas cuando van de acampada.

—Quien está decidido a morir no atiende a razones, da igual cuántos avisos reciba —dice con sorna.

—Mi marido nunca me haría daño —protesto, pero sé que son las palabras de quien está tratando de convencerse a sí mismo de algo.

—Mi hermana pensaba igual que tú.

Me percato de que el falso vendedor tiene un corte reciente cerca del ojo izquierdo.

—¿Una pelea que no ganaste? —pregunto mientras señalo la herida con un dedo.

—La cámara de tu marido sirve para otras cosas aparte de sacar fotos. Me golpeó hace un par de días con ella.

—¿Quién fue el vencedor de la pelea? —quiero saber. Me acabo de acordar de que la cámara de tu padre estaba manchada de sangre.

—El vencedor fue tu marido, pero como dicen, perder una batalla no significa perder la guerra. Conseguí uno de mis propósitos, así que no me marcho con las manos vacías.

El falso vendedor saca algo de uno de los bolsillos laterales de su mochila. Me muestra una fotografía con los bordes dentados. Un hombre rubio posa al lado de una mujer también rubia. Los dos son altos, con rasgos tan parecidos que no me cabe duda de que son hermanos.

—Éramos mellizos; crecimos tan unidos que casi podíamos leernos el pensamiento —explica el falso vendedor.

Mantengo los ojos pegados a la fotografía hasta que vuelve a guardarla.

—Catalina era guapísima —musito porque no sé qué más decir.

—Un año después de casarse, sufrió un aborto, pero me dijo que había sido un alivio, que aún no estaba preparada para ser madre. ¿Quieres saber cuál es la versión de tu marido? Contó que el aborto fue un duro golpe para mi hermana, que más de una vez intentó hacerse daño a sí misma porque estaba convencida de que había sido por su culpa. Mi familia nunca ha creído esa versión. Una última advertencia, aunque sé que no me harás caso: como ves, tu marido siente debilidad por las rubias —dice antes de continuar su camino hacia el barco.

Casi replico que, a diferencia de su hermana, Hilaria era morena.

—¿Cómo murió tu hermana? ¿Murió por una sobredosis? —pregunto, pero el falso vendedor no responde, ni siquiera mira hacia atrás cuando baja los escalones del muelle para subir al barco. Me considerará una causa perdida que no merece su atención.

Unos marineros alejan el barco del muelle al mismo tiempo que otro eleva el ancla. El rugido del motor enmudece incluso el graznido de las gaviotas.

Mientras observo la partida del barco, me pongo a jugar con las puntas de mi cabello recién cortado. Qué extraño me resulta no tener el pelo largo.

Me giro para regresar a casa de Dalila porque no sé a qué otro lugar podría ir.

Mis piernas, sin embargo, flaquean cuando veo que tu padre está esperándome delante de la puerta verde. Me mira como si me hubiera saltado una cita, como si hubiéramos quedado para ir a un restaurante o a un cine, pero hubiese llegado con retraso.

Hijo mío, preferiría enfrentarme a cien vendedores de enciclopedias que a tu padre. Qué digo, a cien periodistas.

¿Crees que tu padre también me considera una causa perdida? ¿Crees que me haría daño si no fuera por mi embarazo?

Las campanas de la iglesia comienzan a repicar como si estuvieran avisándome de un peligro inminente. Cuando la central nuclear de Chernóbil explotó, ¿sonaría una sirena para avisar a los vecinos de los alrededores?

33

OFELIA

Domingo, 18 de mayo de 1986, 8:10 a. m.

Mi huida ha terminado, ha durado apenas un día.

—¿Cómo me has encontrado?

Qué pregunta más obvia. ¿Habrá alguien del pueblo que no sepa dónde dormí anoche? Con solo preguntar a una de las mujeres de la venta, habría sabido dónde estaba escondida.

—¿Me invitas a entrar? —ruega tu padre.

Con manos sudorosas por los nervios, abro la puerta para dejar que pase.

La casa está silenciosa como una tumba.

—Dalila, ¿dónde estás? —llamo sin que nadie responda. Estamos los dos solos.

Cuando entra detrás de mí, tu padre mira a su alrededor: el aparador cochambroso, la mesa de formica, el viejo televisor. Camina hacia una silla con el propósito quizás de sentarse, pero al final decide quedarse de pie.

—Eres mi esposa; tu sitio es a mi lado —dice. Hace una pausa mientras me mira con el ceño fruncido—. Me gusta más verte con el pelo largo —añade, como si mi nuevo aspecto fuera una ofensa para él.

Un dolor atroz, de pronto, tensa los músculos de mi espalda. Con una calma que no siento por dentro, arrastro una silla hacia atrás para sentarme. Las patas de la silla raspan el suelo. El chirrido, igual que el de un animal herido, me produce dentera.

—¿Cuándo dejaste de quererme? —digo.

El dolor es tan intenso que arqueo la espalda.

—¿Estás preparada para conocer mi respuesta? Contéstame antes a otra pregunta que hace tiempo que me quita el sueño: ¿me has querido alguna vez?

—Me casé contigo porque pensaba que eras perfecto —reconozco—. Quería el marido perfecto, el padre perfecto, el escudo perfecto que me protegiera de las malas lenguas.

Si nuestra vida fuera una película, el papel que tu padre debería haber interpretado era el del héroe que salva a la heroína.

—¿Cuándo dejé de ser perfecto?

—Cuando mataste a Hilaria.

—¿Cuántas veces he de decirte que no maté a Hilaria? —masculla tu padre, que da un paso hacia mí.

—Me cuesta creer que, esa noche, después de salir del bar, estuvieras contemplando el mar durante más de dos horas. —Con un dedo, señalo los rasguños aún visibles de su cuello —. Esos arañazos son de esa misma noche. Hilaria luchó para defenderse, ¿verdad?

—El hermano de Catalina me atacó con un rastrillo que alguien había dejado junto a otras herramientas —explica tu padre. Ha intentado cubrirse los arañazos con una mano, pero sigo viéndolos a través de los dedos—. Cuando salí del bar, el maldito estaba esperándome a las afueras del pueblo.

—Si discutiste con tu excuñado, ¿por qué no contárselo al guardia civil?

—Mucho peor que no tener una coartada es que dicha coartada sea el hombre que me considera un asesino, ¿no crees? Mi excuñado es un demente, va diciendo por ahí que maté a su hermana.

Cierro los ojos unos segundos mientras inspiro un par de veces. El dolor, por suerte, ha amainado.

—¿Cómo murió Catalina? —pregunto nada más abrir de nuevo los ojos.

—La muerte de Catalina fue un accidente —exclama tu padre.

Como un toro a punto de embestir contra el capote que sujeta el torero; así es como resopla tu padre. Está tan enojado que su respiración es cada vez más ruidosa.

Me gustaría levantarme de la silla para alejarme de él, pero me siento tan cansada que no sé si las piernas me aguantarían. Mi mente, por el contrario, divaga. Me acuerdo de otra Ofelia: la hija de Polonio, la hermana de Laertes, la amada de Hamlet. Estos tres hombres no paraban de decirle a Ofelia cómo debía actuar. Con sus exigencias, tensaron tanto la cuerda que acabaron por romperla, hasta que la pobre chica acabó por suicidarse.

—¿Cuándo dejaste de quererme? —vuelvo a preguntar.

—¿Quieres saber cuándo? —brama tu padre—. Mejor pregúntame cómo puedo quererte si sé que odias a nuestro bebé. He estado observándote. ¿Qué has hecho hasta ahora para cuidarte, para cuidar de nuestro hijo? Hasta me esquivas cada vez que intento acariciarte la barriga.

Como si me hubiera acusado de un crimen abominable, abro la boca para replicar que no es cierto, que una madre siempre quiere a su hijo. Cierro de nuevo la boca porque el peor crimen no es mentir a otros, sino mentirse a uno mismo.

—Creo que será mejor que nos separemos; no tiene sentido que continuemos viviendo juntos —digo mientras intento sacarme la alianza. El maldito dedo, sin embargo, está demasiado hinchado.

—Hablas de separación, pero no de divorcio —dice tu padre, que baja la cabeza para colocar su rostro a la misma altura que el mío—. Quieres evitar cualquier mala publicidad, ¿no es eso? La niña de Chocoflor no puede permitirse un escándalo porque no quiere echar a perder la oportunidad de protagonizar la película del año. Harías cualquier cosa por ese maldito papel. Si tan convencida estás de que maté a Hilaria, ¿por qué no has ido a contarle tus sospechas al cabo Castillo? Mucha palabrería, pero al final no eres más que una hipócrita.

Casi puedo sentir cómo su respiración humedece mi cara. Creo que ha estado bebiendo porque su aliento huele a vino barato.

Con una brutalidad inusitada, tu padre atrapa mi mano derecha para arrancarme la alianza.

—Me has hecho daño —gimo mientras me froto el dedo dolorido. Una franja de piel más pálida marca el lugar donde estaba el anillo.

Miro a tu padre con resentimiento, pero él continúa contemplando la alianza, como si no supiera qué hacer con ella, si tirarla o guardarla.

—Explícame por qué odias a nuestro bebé —dice después de guardar el anillo dentro del bolsillo de su pantalón—. Me gustaría comprender cómo es posible que una madre no quiera a su hijo.

Había creído que tu padre era el escudo que me protegería del mundo. Cómo cambian las cosas, porque resulta que el único escudo que puede protegerme de tu padre eres tú, aunque solo mientras no conozca la verdad. Me imagino que querrás saber cuál es esa verdad. Hijo mío, calma tu curiosidad. Quise buscarte un buen padre. Quise buscarme un buen marido. Quise evitar el escarnio que me impediría cumplir mi sueño, pero al final solo construí una ilusión condenada a desmoronarse.

Me echo a reír, tal vez porque los músculos de la cara son los únicos que puedo mover, porque el resto de mi cuerpo está paralizado.

Las manos de tu padre, de pronto, me rodean el cuello, como si quisieran silenciar mi risa desenfrenada. Me siento igual que un buceador debajo del agua, un buceador sin bombona de oxígeno ni fuerzas para nadar hasta la superficie.

Me cubro la barriga con las manos. Qué ironía que mi primera reacción sea protegerte, hijo mío, pero he actuado de esta manera antes, ¿cierto? Cada vez que me he enfrentado a una situación peligrosa, me he apresurado a salvaguardarte, aunque fuera por instinto. ¿Cómo no me había dado cuenta hasta ahora?

Me lloran los ojos. Continúo cubriéndome el vientre con las manos, pese a que debería resistirme, agarrar las muñecas de tu padre para intentar aflojar la presión que amenaza con estrangularme.

Quizás porque ha visto mi gesto protector, tu padre recupera la cordura. Con un bufido, me suelta el cuello hasta dejar caer los brazos a los costados, como dos apéndices inútiles.

Mis pulmones vuelven a llenarse de aire, pero el dolor que me atenazaba la espalda hace unos minutos regresa con aún más virulencia.

Me siento desfallecer. El mundo a mi alrededor desaparece por completo detrás de un telón oscuro.

34

OFELIA

Domingo, 18 de mayo de 1986, 11:50 p. m.

Me están acariciando el pelo. Cuando abro los ojos, no es tu padre a quien percibo, sino a Dalila con su rostro de muñeca. Está sentada a mi lado, al borde del sofá. Mi primera preocupación eres tú, hijo mío, pero enseguida siento tus movimientos.

—Eres una dormilona, por fin regresas al mundo de los vivos —me amonesta Dalila con dulzura.

—¿Qué hora es? —pregunto.

Mi voz es áspera, como si hubiera estado de juerga.

—Cerca de medianoche.

—¿Cerca de medianoche? —repito—. ¿Cuánto tiempo he estado durmiendo?

Oigo el zumbido de una mosca junto a mi oreja. Espanto a la mosca con una mano.

—Me temo que el sedante era demasiado potente —aclara Dalila—. Has estado durmiendo más de doce horas.

—¿Qué sedante? —digo sin entender nada.

Miro a mi alrededor porque no sé dónde está tu padre.

—Estás a salvo, descuida. Casualidades de la vida, los guardias civiles hallaron un collar que pertenecía a Hilaria dentro del equipaje de tu marido. Era la prueba que necesitaban para arrestarlo.

—¿Qué collar?

—Un collar de plata que tiene un colgante con forma de hache; hache de Hilaria, claro.

—Eso es imposible —afirmo porque ese es el collar que tiré al mar.

—¿Qué es imposible? El collar que encontraste es el original, pero comprar uno igual fue fácil. Colocarlo dentro de la maleta de tu marido, también —explica Dalila sin dejar de acariciarme el pelo—. Hace unos días, mantuve una conversación interesantísima con un hombre que conoce bien a tu marido. Un hombre rubio, alto como un jugador de baloncesto, que sostiene que tu marido mató a su primera esposa. Habló con tanta convicción que me persuadió. Como tu marido no pagó por la muerte de su primera esposa, ¿no crees que es justo que pague por el asesinato de Hilaria? Es verdad que no mató a Hilaria, pero qué más da. El hombre rubio que acabo de mencionar me dio la razón, me dijo que para él era suficiente con que encarcelaran a tu marido, aunque fuera por el asesinato de otra mujer. Un caso de justicia poética.

—¿Hilaria?

Empiezo a pensar que me equivoqué por completo, que es posible que tu padre no estuviera mintiéndome cuando me aseguró que no había tenido nada que ver con la muerte de Hilaria. Hijo mío, ¿qué crees que sintieron los vecinos de la central nuclear de Chernóbil cuando vieron cómo una explosión hizo volar por los aires la tapa del reactor? ¿Habrán sentido la misma sorpresa que me está revirando las entrañas?

Con una lentitud deliberada, Dalila acerca su rostro al mío para besarme los labios.

—¿Qué es un bumerán que no vuelve? Un palo, tonta —dice después de separar su boca que, no sé por qué, sabe a anís.

Es la primera vez que sus chistes malos no me hacen gracia.

Cuando consigo por fin desperezarme, me percato de la nueva apariencia de Dalila, con el pelo igual de corto que el mío. Hasta el color es más claro, casi blanco.

—Creo que a partir de ahora sí que me confundirían contigo. Cualquiera que nos viera juntas diría que somos gemelas —añade Dalila antes de encaminarse hacia el viejo televisor.

Me sobresalto cuando introduce un videocasete dentro de un reproductor que no había visto hasta este momento porque estaba guardado dentro de un mueble.

—Este maldito aparato suele trabarse tres de cada cuatro veces, así que crucemos los dedos para que esta noche no dé problemas —dice.

Dalila presiona la tecla para iniciar la reproducción. El aparato gime como si estuviera a punto de regurgitar el videocasete, aunque al final acaba tragándoselo.

Cada vez me cuesta más respirar.

La imagen que muestra el televisor es granulosa, pero reconozco de inmediato la habitación desprovista de mobiliario, excepto por una mesa larga con sillas.

—¿Cómo es que tienes una copia de esa grabación? —balbuceo.

Un hombre entra seguido de una mujer rubia con un asombroso parecido a Marisol. Charlan durante unos segundos. Menos mal que el volumen del televisor está silenciado, que no puedo oír su conversación. La mujer rubia, con la cabeza gacha, comienza a quitarse el vestido.

Me levanto a medias del sofá, pero las piernas no me responden. Como si estuvieran dormidas. Ojalá tuviera poderes de telequinesia para ser capaz de apretar la tecla de parada con solo desearlo.

—Hazme el favor, apaga el televisor —me limito a suplicar porque, a mi pesar, no tengo ningún superpoder.

—Es la mejor escena que has hecho nunca —dice Dalila—; ¿por qué no vemos la grabación hasta el final?

La mujer rubia suelta un sollozo antes de arrodillarse delante del hombre, de bajarle la cremallera del pantalón, de acercar su boca al pene cada vez más erecto.

—Haré cualquier cosa que me pidas, pero, por favor, apaga el televisor —ruego de nuevo.

—El clímax de la escena es extremadamente satisfactorio, no seas impaciente.

Unos minutos después, el hombre, satisfecho solo a medias, agarra a la mujer rubia por debajo de los brazos para levantarla del suelo. Él dice algo. Ella arruga el rostro como si estuviera llorando. Con brusquedad, el hombre fuerza a la mujer rubia a recostarse bocabajo sobre la mesa solitaria. Hijo mío, puedes imaginarte el resto. Las embestidas del hombre son feroces. La cámara, por suerte, no graba el rostro de la mujer rubia, vuelto hacia el otro lado.

Has de saber que las cigüeñas no traen a los bebés. Uno de los millones de espermatozoides del hombre fecunda el óvulo de la mujer. El óvulo fecundado comienza a dividirse cada vez más hasta formar unos ojos, una nariz, una boca, unos brazos, unas piernas.

Dalila, por fin, extrae el videocasete del aparato.

—¿Quién es el verdadero padre del bebé que esperas? Me apostaría un millón de pesetas a que no es tu marido.

Estas palabras resquebrajan mi escudo. Hasta juraría que oigo el ruido que ha hecho al partirse por la mitad.

Es más fácil mentir que decir la verdad, hijo mío, porque la verdad duele igual que una descarga eléctrica después de meter los dedos mojados dentro de un enchufe. Cuando decidí no abortar, no me quedó más remedio que buscarte un padre, que buscarme un marido para que no me tacharan de puta. ¿Qué hubiera dicho de mí la prensa rosa? ¿Qué futuro hubiera tenido como actriz? Conocí a tu padre a los pocos días de saber que estaba embarazada. Me casé con él nada más regresar de Londres. Cómo deseé que fuera de veras tu padre, porque quien aportó el espermatozoide ganador no merece recibir ese calificativo. Me he referido a Salomón como tu padre, pero dejaré de hacerlo a partir de ahora.

—¿Cómo conseguiste esta grabación? —gimo, empotrada entre los cojines del sofá.

—Esta grabación fue el último regalo de mi madre antes de morir. —Dalila suelta una carcajada, quizás porque ha malinterpretado el gesto de sorpresa que he hecho al oír su explicación—. ¿Me consideras una salvaje capaz de matar a su madre? Murió por culpa de un cáncer de colon. Hasta el día de su muerte, nunca aceptó que no me eligieran para el anuncio de Chocoflor.

—Ojalá la niña de Chocoflor hubieras sido tú —digo, pese a que aún no entiendo cuál es el significado de esa última frase. ¿Qué relación guarda el anuncio de Chocoflor con todo esto?

—Hiciste bien antes, cuando discutiste con tu marido; si hubiera descubierto que no es el verdadero padre de tu hijo, habría acabado estrangulándote con sus propias manos. —Dalila baja la mirada hacia mi cuello, que debe estar enrojecido—. Quien diga que mentir no salva vidas está equivocado.

Como sigo sin entender nada, me limito a observar a Dalila mientras mete el videocasete dentro de un sobre marrón. Con la lengua, humedece la solapa para sellar el sobre.

—Me hace falta un bolígrafo para escribir la dirección del destinatario —dice antes de abrir el aparador, de donde saca un estuche transparente con diez o más bolígrafos rojos—. Los alemanes coleccionan bolígrafos rojos, no me preguntes por qué. Cada vez que limpio su casa, robo uno.

Una sospecha comienza a cobrar forma.

—¿Escribiste las notas amenazadoras que recibí? —musito.

—Mañana iré a la oficina de correos para enviar este sobre al periodista, que me dio su dirección antes de marcharse —continúa diciendo Dalila sin hacerme caso—. Esta grabación va a ser el culmen de su carrera periodística, mi compensación por haberlo asustado anoche. Qué alegría me diste. Cuando apretaste el gatillo sin saber que la escopeta estaba descargada, supe que éramos iguales, que también eras una asesina.

Dalila deja el sobre marrón dentro de un frutero con solo una manzana. La mesa de formica con el frutero está de camino hacia la puerta. Me sería fácil agarrar el sobre si consiguiera huir.

—¿Existen más copias de esa grabación?

—Es la única copia que me queda —me asegura, pero no sé si creer o no sus palabras.

Me percato de que está llorando. Es un sollozo silencioso

que habría pasado desapercibido si no fuera por el ligero estremecimiento de sus hombros.

—Ojalá la vida no nos hubiera repartido cartas tan malas, porque con otras cartas, creo que podríamos haber sido las mejores amigas —gimotea con voz temblorosa—. He de sincerarme contigo: deseé ser tu amiga desde el principio. Cómo pasa el tiempo. Hace casi veinte años desde nuestro primer encuentro.

Dalila va al baño sin que pueda preguntarle acerca de este supuesto primer encuentro. Una vez más, intento levantarme del sofá, pero las piernas siguen sin responderme.

Cuando Dalila regresa al salón, trae consigo una jeringuilla con una aguja larguísima.

—Con Hilaria cometí un error; un error que no cometeré contigo —explica—. Cuando vuelva a pincharte, vas a dormir el sueño eterno. Esta dosis, si no me equivoco, debería ser suficiente para matar a un caballo.

—¿Qué error cometiste con Hilaria? —digo sin apartar la mirada de la jeringuilla.

—Un error de novato, nada más. He aprendido que si quieres ahogar a una persona, conviene sedarla antes para que no ofrezca resistencia.

¿Tienes miedo, hijo mío? Una confesión: tu madre también tiene miedo, mucho miedo. Un miedo que, maldita sea, huele a pescado. Creo que fue Dalila quien envió las notas escritas con bolígrafo rojo, quien cambió mis cosas de sitio para volverme loca, quien asesinó a Hilaria.

—¿Mataste a Hilaria?

Dalila asiente con la cabeza.

—Hilaría tenía que morir, igual que murió la primera esposa de tu marido. ¿Cómo ibas a dudar de él si no? He disfrutado viendo cómo, cada día, aumentaban tus sospechas. Creer que tu pareja es un asesino es el mejor incentivo para romper un matrimonio.

—Hilaria era inocente —replico antes de continuar hablando. Cuanto más hable, más tiempo tendré para idear un plan—. Me propusiste culpar a Clemente cuando tu objetivo era cargarle el muerto a mi marido; ¿por qué?

—Un momento de debilidad, nada más.

Dalila me mira con ojos inertes como los de una muñeca. Hasta dudo de que las lágrimas que derramó hace un rato fueran reales.

—El motivo por el que me he tomado tantas molestias contigo es porque quiero arrebatártelo todo —confiesa—, pero no como quien tira de un esparadrapo con rapidez para que duela menos, sino poco a poco para alargar el dolor. Quiero dejarte sin nada: sin marido, sin carrera, sin reputación. Cada cosa que pierdas, me aseguraré de apropiarme de ella, incluido tu marido.

Hijo mío, siento como si hubiera estado avanzando por un pasillo a ciegas, con una venda sobre los ojos. Creía saber adónde me dirigía, creía reconocer las paredes que iba tocando a ambos lados, pero cuando me quité la venda después de llegar al final del pasillo, resulta que el lugar donde me hallaba era distinto del que había imaginado.

—¿Qué mal he cometido para que me odies tanto? —pregunto sin haber ideado ningún plan todavía.

—Que sepa, no me has hecho ningún mal, pero la copia no puede florecer mientras exista el original. Mi objetivo es destruir el original para así dejar de ser eso, una mera copia. He vivido demasiado tiempo bajo tu sombra. Cuando desaparezcas, nadie volverá a acusarme de ser tu copia, podré vivir de nuevo bajo el sol.

Existe una copia del collar.

Existe una copia de la grabación.

Hasta existe alguien que dice ser mi copia.

—¿Me seguiste a la isla para matarme? —murmuro sin apenas fuerzas.

—Querida, hace años que no vas a ningún lado sin mí.

Me es imposible desviar la mirada de la jeringuilla, cada vez más cerca. Hijo mío, ¿qué puedo hacer para protegerte?

¿Cuántas veces me obligó mi madre a ver el anuncio? «Hola, bonita, ¿quieres una bolsa de Chocoflor?», pregunta el dependiente del supermercado. La niña con tirabuzones dorados niega con la cabeza. «Quiero dos bolsas de Chocoflor», dice mientras hace la señal de victoria con dos dedos.

Cuando acababa el anuncio de veinte segundos, mi madre siempre me pegaba un tortazo. Mecachis, cómo dolía.

—Esa niña es más guapa que tú, más lista que tú, más talentosa que tú —solía decir después de beberse de golpe otra copa de anís—. Si hubiera tenido una hija como ella, no estaría limpiando casas ajenas por cuatro perras de mierda, sino disfrutando de una vida de rico.

Mi madre me arrastró a cientos de audiciones desde que era un bebé. Hasta que me harté cuando cumplí los dieciocho años.

Me acuerdo de la primera audición que hicieron para el anuncio de Chocoflor. Cerca de cincuenta niñas esperaban su turno acompañadas por sus madres, por sus padres o por ambos. Mi vestido era precioso, casi parecía de comunión, con más encajes que una cortina.

—¿Cuál es la frase que tienes que decir? —me preguntó mi madre por enésima vez.

—Mamá, más Chocoflor —respondí sin dejar de abanicar las piernas porque no alcanzaba el suelo con los pies.

La niña que estaba sentada a mi lado era rubísima, con un vestido también blanco, aunque con muchos menos encajes que el mío.

La niña me miró con unos ojos del mismo azul que el agua de una piscina.

—Me llamo Ofelia —dijo—. ¿Cuál es tu nombre?

—Dalila —me presenté.

—Mi padre dice que me parezco a Marisol —añadió la otra niña—. ¿Crees que me parezco a Marisol?

Había visto, por supuesto, las películas de Marisol, que ponían los sábados durante la sobremesa.

—Eres igualita que Marisol —afirmé con sinceridad infantil.

—La vida es una tómbola, tom-tom-tómbola —cantó ella.

—La vida es una tómbola, tom-tom-tómbola —repetí.

Las dos nos echamos a reír.

—¿Quieres que seamos amigas? —sugirió de repente la otra niña.

El resto es historia. ¿Cuántas audiciones hubo después de esa? Mi único éxito fue cuando me eligieron como extra para el anuncio de un refresco de cola. Una más entre decenas de niños que debían saltar a la vez mientras gritaban de júbilo.

Cosas que pasan, unos días después de saber que padecía un cáncer de colon incurable, mi madre me dio un videocasete que había sustraído de una de las casas que limpiaba, un chalé de lujo que pertenecía a un famoso productor de cine.

—El propietario de la casa es un pervertido, colecciona videocasetes con sus escarceos amorosos —contó mi madre—. Como los videocasetes no están guardados bajo llave, aproveché para echarles un vistazo. Qué sorpresa me llevé cuando descubrí que uno de ellos estaba etiquetado con el nombre de Ofelia Castro. La curiosidad que sentí fue tal que no pude resistir la tentación de traérmelo para ver qué contenía. —Mi madre suspiró mientras volcaba la botella de anís para servirse otra copa—. Hija, si hubieras luchado con su misma ambición, habrías sido igual de famosa que ella, pero no, eres una mojigata que ni siquiera ha aprendido que el éxito solo puede conseguirse si una está dispuesta a cualquier cosa, incluso a acostarse con quien haga falta.

Hacía tiempo que acechaba a Ofelia, que conocía su vida al dedillo. Oí una conversación que mantuvo con su marido frente al portal de su edificio. Ofelia dijo que por qué no iban a otro sitio de vacaciones, que la isla de La Graciosa no parecía un destino apetecible, pero su marido alegó que los billetes estaban comprados, que saldrían ese mismo lunes como tenían previsto. Me fui de inmediato a una agencia de viajes. Mientras esperaba a que me atendieran, hojeé los catálogos hasta encontrar una fotografía de Caleta de Sebo tomada desde la isla de enfrente. «Es el lugar perfecto», pensé.

Estuve a punto de cagarla, eso sí. Cada vez que contaba uno de mis chistes malos, cada vez que escuchaba la risa de Ofelia, me entraban las dudas. Hasta consideré la posibilidad de olvidarme de mi plan. Culpar a Clemente fue un momento de debilidad que corregí a tiempo. Con respecto a Salomón, igual que tengo el poder de condenarlo, también tengo el poder de sacarlo de prisión. Mi objetivo es vivir la misma vida que Ofelia.

¿Me querrá mi madre cuando no exista nadie con quien pueda compararme?

35

OFELIA

Lunes, 19 de mayo de 1986, 12:20 a. m.

Me olvido de la jeringuilla porque, de repente, un calambre me agarrota la parte inferior del abdomen, parecido a los calambres que solía sentir cuando me venía la regla, pero mucho más doloroso, mucho más prolongado.

Cuento los segundos: el calambre ha durado casi medio minuto.

—¿Una contracción? —pregunta Dalila después de acuclillarse delante de mí.

—Es imposible que sea una contracción, es demasiado pronto —replico.

Había oído que era normal sentir contracciones durante el tercer trimestre, pero que no debía preocuparme, que no eran dolorosas, aunque sí molestas.

Cuando el dolor remite, empujo a Dalila sin que consiga tirarla al suelo.

Dalila cambia la jeringuilla de la mano derecha a la mano izquierda para pegarme un cachetón.

—Quietecita —me advierte, pero vuelvo a empujarla, esta vez con más vigor.

Dalila cae hacia atrás como si fuera una muñeca de trapo.

Hijo mío, aprovecho para levantarme del sofá, para huir con una mano debajo del vientre. Cuando paso junto a la mesa de formica, agarro el sobre marrón con el videocasete. Sin girarme para averiguar si Dalila me está persiguiendo o no, salgo a la calle polvorienta, aporreo la puerta pintada también de verde de la casa contigua.

—Socorro —grito.

Como nadie me abre, me apresuro a tocar la puerta de la siguiente vivienda.

—Socorro —grito de nuevo.

Me he mordido el labio inferior sin darme cuenta. El regusto a sangre es mareante.

Una mujer con rulos asoma por la primera puerta.

—¿Qué son estos alaridos tan tarde? —vocifera con voz enfadada porque debe de haber estado durmiendo.

Cuando abro la boca para responder, advierto que Dalila camina hacia mí con la jeringuilla apretada contra un costado para ocultarla de la mujer con rulos.

—Carmela, vuelva a la cama, es culpa mía —dice con cara de pena—. Mi amiga ha sufrido un ataque de pánico con el arresto de su marido, pero no he sabido consolarla.

La mujer con rulos menea la cabeza de arriba abajo.

—Cualquiera sufriría un ataque de pánico después de enterarse de que su marido es un asesino. Quién iba a decirme a mí que un día presenciaría cómo unos guardias civiles escoltaban a un hombre esposado al barco.

Mientras tanto, Dalila ha ido acortando la distancia que nos separa.

—Ofelia —me llama—, no seas tozuda, regresa a casa conmigo.

La mujer con rulos continúa meneando la cabeza. Con el zarandeo, uno de los rulos está a punto de desprenderse.

—¿Cómo no elegiste un mejor marido, niña? —dice antes de cerrar la puerta detrás de sí para, supongo, volver a acostarse.

Cuando me quedo a solas con Dalila, corro con el sobre marrón apretado contra el pecho hasta alcanzar el muelle.

El mar vuelve a estar hambriento, tanto que las olas muerden el espigón con dientes afilados, como si fueran una manada de hienas.

Un segundo calambre hace que casi pierda el equilibrio. ¿Otra contracción?

Me percato de que un hombre está remando una barca hacia las escaleras del muelle. El mar embravecido parece querer estampar la barca contra el muelle, pero el marinero es diestro, consigue amarrarla a algo que no alcanzo a ver. Un bolardo, quizás. Con el mar tan hambriento, sin embargo, da la impresión de que la pequeña embarcación está al borde de ser devorada.

El hombre enciende una linterna antes de saltar de la barca a las escaleras. Con la luz de la linterna, reconozco quién es.

—Clemente —grito mientras troto hacia él.

Una ola me empapa cuando piso el primer escalón que baja hasta la barca. Me froto los ojos porque me están picando por culpa del agua salada. Los escalones están mojados, con rastros de musgo que podrían hacer trastrabillar a cualquiera que baje sin prestar atención a dónde pone los pies.

Clemente está subiendo los escalones con un fardo sobre un hombro. Con una mano, sujeta el fardo. Con la otra, la linterna. El fardo está compuesto por una decena de cartones de tabaco, envueltos con plástico transparente. ¿Quién me dijo que traficaba con tabaco e, incluso, con droga?

—Clemente —vuelvo a gritar porque, con el rugido del mar, creo que no me ha oído.

Clemente levanta la cabeza, apunta la linterna hacia mí, pero antes de que pueda decir nada, alguien me rodea los hombros con un brazo. Qué ilusa si pensaba que había conseguido escapar de mi perseguidora. El aroma de la colonia afrutada que usa Dalila me atrapa como una camisa de fuerza.

—Clemente, descuida —dice Dalila que, una vez más, vuelve a interpretar el papel de amiga preocupada, un papel que merecería un óscar a la mejor actriz—; la pobre está un poco trastornada por el arresto de su marido.

Clemente sube otro par de escalones sin dejar de iluminarnos con la linterna. Quiero pedirle que me socorra, pero de pronto siento cómo algo me pincha el costado. Una de las manos de Dalila está posada sobre mi hombro; con la otra me está amenazando con la jeringuilla.

—Calladita —me susurra al oído mientras me obliga a dar varios pasos hacia atrás. Con rudeza, me arrebata el sobre marrón.

Clemente sube los últimos escalones hasta alcanzar el muelle.

—Casi me culpan de la muerte de Hilaria, pero resulta que el asesino fue tu marido —me recrimina—. ¿Qué pecado cometió mi pobre Hilaria para morir de esa manera?

Una tercera contracción me sacude el cuerpo. El dolor es tan intenso que caigo de rodillas al suelo. Me estremezco porque juraría que las contracciones son periódicas.

—Creo que me he puesto de parto —gimo.

Clemente suelta el fardo para acercarse a nosotras.

Dalila, por su parte, esconde la jeringuilla dentro de uno de los bolsillos traseros de su pantalón, supongo que para evitar que la linterna de Clemente desvele sus intenciones.

El hombre a quien quise culpar de la muerte de su novia me agarra por debajo de los brazos para levantarme del suelo.

—Corro peligro —aprovecho para musitarle—; avisa al cabo Castillo, por favor.

Clemente regresa al lugar donde está el fardo. ¿Me habrá oído?; incluso si me ha oído, ¿alertará al guardia civil o me dejará morir?

—Mira que eres alarmista, no son contracciones de parto; solo necesitas acostarte un rato, así que volvamos a casa —me regaña Dalila, pero antes de que pueda amenazarme con la jeringuilla, golpeo su rostro de muñeca con el puño. Un hilillo de sangre brota de su nariz.

La sorpresa del ataque obliga a Dalila a retroceder unos pasos.

Es mi oportunidad.

Como si me hubieran crecido alas bajo los pies, corro hacia la punta del muelle. Me maldigo enseguida por mi estupidez porque tendría que haber echado a correr hacia el lado contrario, de regreso al pueblo.

Una ola vuelve a empaparme cuando alcanzo el extremo del espigón. Hijo mío, me temo que no tengo escapatoria, que tu madre no es capaz de caminar sobre el agua.

Me giro pese a que preferiría no darle la espalda al mar.

Clemente esconde el fardo entre unas cajas antes de regresar a toda prisa al pueblo. La luz de su linterna desaparece detrás de la primera fila de casas, pero no sé si va a avisar al cabo Castillo o a emborracharse al bar. Como tampoco sé si el guardia civil partió con los otros agentes que arrestaron a Salomón o si decidió quedarse unos días más para proseguir con su investigación.

Con la marcha de Clemente, regresa la oscuridad.

Una cuarta contracción me dobla por la mitad. ¿Qué quiere decir que las contracciones sean cada vez más frecuentes? ¿Es una buena o una mala señal?

Mientras, Dalila camina hacia mí sin prisa alguna, a sabiendas de que no puedo huir de ella.

El vestido que llevo puesto está mojado, es una incómoda segunda piel. Mis dientes castañean sin parar. Mis piernas tiemblan como si fueran de gelatina.

Dalila continúa avanzando hacia mí, nos separan solo un par de metros.

—¿Cómo pudiste hacerme esto a mí? —canta con una voz tan queda que casi no puedo oírla. Con la oscuridad, el hilillo de sangre que aún brota de su nariz parece una cuchillada—. Clemente es un cobarde —dice cuando deja de cantar—; ¿dónde crees que ha ido si no es a esconderse debajo de la cama?

—Si das un paso más, salto al agua —amenazo, pese a que, a mi espalda, el mar está riéndose de mi bravuconería.

—Me ahorrarás el esfuerzo de matarte si saltas al agua por iniciativa propia.

Dalila hace como si fuera a dar otro paso adelante, pero aborta el intento cuando retrocedo hasta colocarme a pocos centímetros del borde del muelle. Sin despegar la mirada de mí, cambia el sobre marrón de una mano a otra antes de sacar la jeringuilla del bolsillo trasero de su pantalón.

Un punto de luz lejano baila cerca de las barcas varadas.

Quiero creer que es una linterna, que Clemente no es tan cobarde como piensan.

El punto de luz está cada vez más próximo, hasta que por fin reconozco al cabo Castillo con su uniforme de color verde. Casi me echo a llorar de alivio.

—Quiero vivir —grito para que mi voz pueda oírse por encima del rugido del mar.

Dalila suelta una risotada.

—Querida, es demasiado tarde; estás destinada a morir desde el día que mi madre me dijo que hubiera preferido que tú fueras su hija.

El cabo Castillo apaga la linterna, creo que para no delatar su presencia. ¿Qué puedo hacer para que Dalila no mire atrás, para que no descubra la aparición del guardia civil?

Una nueva contracción me obliga a apretar los labios con fuerza.

—Mi hijo, no hagas daño a mi hijo —suplico porque nada más me importa.

El cabo Castillo saca una pistola de la cartuchera de su cinturón.

—Señorita, no haga ningún movimiento brusco —dice sin dejar de avanzar hacia nosotras. Cabeza grande o no, está interpretando el papel del pistolero que viene al rescate a lomos de un caballo blanco.

Dalila mira hacia atrás.

—¿Me está hablando a mí?

—Sí, a usted, señorita, suelte esa jeringuilla —exige el cabo Castillo.

Dalila vuelve a mirarme, como si la orden del guardia civil no fuera con ella.

—Estaba destinada a traicionar a alguien desde el momento que mi madre me puso este nombre; de lo contrario, creo que podríamos haber sido las mejores amigas —dice con una voz preñada de pesar—. Si nada de esto hubiera pasado, ¿habrías sido mi amiga?

—Habría sido tu amiga —respondo.

El cabo Castillo continúa avanzando sin dejar de apuntar a Dalila con su pistola.

—Señorita, suelte esa jeringuilla.

Esta vez, Dalila sí obedece la orden del guardia civil. Con la mirada aún prendida de mi rostro, vuelve a meter la jeringuilla dentro del mismo bolsillo de antes.

—Habría sido tu amiga —repito con desesperación—. Me acuerdo de cuando nos conocimos. Cantamos juntas una canción de Marisol, ¿verdad?

—La vida es una tómbola, tom-tom-tómbola —canta Dalila que, de pronto, arremete contra mí con los brazos por delante, como si pretendiera empujarme.

El cabo Castillo no tiene tiempo de reaccionar.

Me aparto a un lado, pero no hubiera sido necesario porque Dalila me esquiva antes de saltar al agua con el sobre marrón. Como un jugador de fútbol haría un regate frente a un defensa del equipo contrario con la intención de tirar a puerta. ¿Crees que me ha esquivado adrede?

Oigo el chapoteo de su cuerpo al caer al agua.

Oigo el bramido del mar después de saciar su hambre.

Oigo los gritos cada vez más cercanos del guardia civil.

Con la mirada borrosa, contemplo el mar negro, capaz de devorar a gigantescos transatlánticos. Creo ver un rostro de muñeca con los ojos abiertos que desaparece cuando una ola golpea el muelle. Creo ver un sobre marrón que flota a la deriva unos segundos antes de hundirse.

Un líquido caliente, de repente, me baja por las piernas como si me hubiera orinado encima.

He roto aguas.

Hijo mío, ¿por qué tienes tanta prisa por nacer? Quiero ser la mejor madre, pero necesito más tiempo. Más tiempo para que pueda resarcirme de mi comportamiento horrendo. Más tiempo para que sigas creciendo dentro de mí.

He oído que el parto es el momento más glorioso de la vida de una mujer, pero es una sandez. Estar casi desnuda, cubierta de sudor, con las piernas abiertas delante de un grupo de extraños, dista mucho de ser glorioso. Qué vergüenza más grande si, además, me hago caca con el esfuerzo.

El cabo Castillo no para de hacerme preguntas. Me temo que, de momento, no puedo ofrecerle ninguna respuesta porque me es imposible hablar.

Me mareo, la cabeza me da vueltas, pierdo el equilibrio. El mar me llama con el canto de una sirena, pero por suerte, el cabo Castillo me sujeta por la cintura.

—Cuidado —avisa mientras me aleja del borde del muelle.

Dalila traicionó a Sansón por un puñado de monedas.

Ofelia, después de oír las acusaciones de Hamlet, de perder la razón, prefirió morir a continuar viviendo.

Quiero pensar que nuestros destinos no están marcados por el nombre que nos dieron nuestros padres.

Hijo mío, si pudieras elegir, ¿cómo querrías llamarte?

36

OFELIA

Martes, 26 de abril de 1988, 11:40 a. m.

Las quince sillas de la sala de espera están ocupadas por mujeres de más o menos mi edad, de más o menos mi altura, de más o menos mi complexión. La sala solo tiene una ventana por la que entra el ruido de la ciudad. Madrid, a estas horas, es un batiburrillo de tubos de escape, de transeúntes con prisas, de turistas sin rumbo, de vendedores de lotería que gritan el número ganador.

Han colgado una pancarta publicitaria del edificio de enfrente, visible a través de la ventana. Si promocionara un perfume, un refresco o una marca de ropa, no hubiera prestado atención, pero no, es el póster de la película que iba a ser mi billete al estrellato. El póster muestra a un hombre abrazando a una mujer. La mujer del póster también tiene más o menos mi edad, más o menos mi altura, más o menos mi complexión. Cuando renuncié al papel protagonista, mi padre me puso verde. «¿Quieres empezar de cero?», me reprochó, incrédulo.

Empecé de cero, sí, señor, porque una vez roto, no quise

reconstruir el escudo. Mejor barrer los trozos para tirarlos a la basura. Quizás mi padre me habría perdonado si la película hubiera sido un fracaso, pero resulta que está siendo un éxito de taquilla. Huelga decir que ha dejado de ser mi representante. Cuando me llama por teléfono, cuelgo nada más oír su voz.

—Ofelia Castro, acompáñeme —dice un hombre de patillas anchas—. Mi nombre es Carlos García, asistente de producción.

Las otras mujeres de la sala me miran como preguntándose por qué la niña de Chocoflor va a hacer una audición para un papel secundario.

—¿Esa es Ofelia Castro? Ha cambiado muchísimo —susurra una de las mujeres.

Con el pelo más corto, más oscuro, son pocos quienes me reconocen o quienes siguen comparándome con Marisol. Hasta las revistas del corazón han dejado de interesarse por mí. Otras presas más suculentas son ahora las protagonistas de las portadas.

Con los nervios a flor de piel, sigo los pasos del hombre de patillas anchas hasta otra sala.

«Cálmate», me digo nada más entrar.

«Muestra confianza», me repito antes de sentarme delante de la mesa larga.

«Mírales a los ojos», me exhorto después de poner las manos sobre el regazo.

Conozco de vista al director, pero no al resto del equipo. El director bebe un sorbo de café mientras revisa mi porfolio.

Un hombre con barba arrastra una silla para sentarse a mi lado.

—Cuando quieras, puedes empezar —dice sin dejar de

ojear unos papeles.

Es quien va a leer las líneas del diálogo que no me corresponden a mí.

Me he aprendido la escena de memoria, así que me giro a medias para encarar al hombre con barba.

—Gracias por acceder a verme —comienza él con voz monótona.

—¿Qué quieres? —pregunto con retintín.

—Quiero pedirte perdón.

Cruzo los brazos al mismo tiempo que resoplo.

—¿Quieres pedirme perdón?

—¿Qué puedo hacer para que me perdones, para que vuelvas a quererme?

Me obligo a parpadear para contener las lágrimas.

—¿Crees de veras que mereces mi perdón después de haberme engañado? —continúo.

La escena completa dura unos cinco minutos.

—Cuéntanos acerca de tu experiencia como actriz —me indica el director cuando la escena acaba.

Mucho más relajada, recito mi respuesta, que he preparado como si fuera un monólogo. El mensaje que quiero transmitir es que es fácil trabajar conmigo, que nunca me pongo de morros, que siempre me comporto con profesionalidad.

—Gracias por venir —me despide el director, que ha estado tomando notas desde el principio.

Cuando salgo de la sala, casi me tropiezo con otra de las mujeres de más o menos mi edad, de más o menos mi altura, de más o menos mi complexión.

—Buena suerte —digo con sinceridad.

La mujer me devuelve una sonrisa nerviosa.

Mientras espero al ascensor para bajar hasta el vestíbulo del

edificio, me acuerdo de que es el segundo aniversario del accidente de Chernóbil. Cuando encendí la radio esta mañana, no
hablaban de otra cosa. Uno de los tertulianos comentó que la
zona alrededor de la central nuclear no volverá a ser habitable
hasta dentro de varios siglos. Los soviéticos continúan
mintiendo sobre el número de muertos. Otros que mienten a
más no poder. Me gustaría decirles que aprendan de mí, que
más vale una verdad oportuna que vivir una mentira.

Cuando salgo a la calle, me encamino a la parada de
autobús más cercana. Hace varios meses que la niña de Chocoflor es como cualquier otro habitante de Madrid, que usa el
autobús o el metro. Con mi descenso del olimpo, no es cuestión de malgastar el dinero. Continúo presentándome a audiciones porque aún sueño con ser actriz de cine. Me dijeron
hace tiempo que un actor recibe cincuenta noes por cada sí.
Cada vez que recibo un no, me repito que es un paso adelante,
que falta menos para que reciba un sí. Mientras tanto, sobre-
vivo como actriz de anuncios publicitarios, aunque los papeles
que me dan ahora son de ama de casa estresada.

El autobús está concurrido, pero encuentro un asiento
libre junto a una ventanilla. Madrid desfila detrás del cristal
como si fuera una modelo paseándose por una pasarela. Los
edificios son dunas de cemento que nada tienen que ver con
las dunas de arena de La Graciosa. Me imagino que los gracioseros también me habrán olvidado. ¿Cómo competir con los
reyes, que visitaron la isla poco después de los sucesos de aquel
día? El telediario mostró imágenes del almuerzo al aire libre
que los gracioseros organizaron para la pareja real. Claro está,
muchas caras me resultaron familiares.

Un escalofrío me recorre de pronto la espina dorsal. Miro a
mi alrededor porque tengo la impresión de que alguien me está

observando, pero solo me cruzo con las cabezas gachas de quienes están aprovechando para leer un libro, una revista o un periódico.

Menos mal que mi parada no está lejos.

El edificio donde vivo está a solo cien metros de la parada de autobús. Una cuarta planta con un ascensor que sufre los mismos achaques que un anciano con reumatismo. Mi buzón está lleno, así que recojo el correo antes de apretar el botón del ascensor.

Cuando abro la puerta de mi piso, me envuelve un olor a compota de manzana. Cuelgo el bolso del perchero de la entrada.

Mónica sale de una de las habitaciones del fondo para saludarme.

—¿Quieres que me quede un rato más? —me pregunta.

—Me las arreglo, puedes irte —respondo—, pero si estás libre el jueves, ¿podrías venir a las nueve de la mañana? El rodaje de mi próximo comercial no comienza hasta el mediodía; sin embargo, me pidieron que fuera temprano para maquillarme.

Mónica descuelga una mochila del perchero para colgársela del hombro.

—Claro, vendré sin falta —me asegura antes de marcharse.

Cuando me quedo sola, continúo por el pasillo hasta el cuarto de mi hijo.

Mi hijo está a punto de cumplir dos años. Cuando nació, pesó un kilo con ochocientos gramos. Un parto por cesárea después de que un helicóptero me trasladara desde Caleta de Sebo hasta el hospital de Arrecife. «Ese bebé, ¿de quién es?», balbucí nada más ver a mi hijo por primera vez, cubierto de sangre. Me costó un rato aceptar que era mío, incluso me eché a llorar. La última vez que lloré —que lloré de verdad— fue cuando me enteré de que estaba embarazada.

El médico que me atendió me dijo que el día que nace un bebé prematuro es el más peligroso de su vida. Más tarde leí que, de los quince millones de bebés prematuros que nacen cada año, un millón no sobrevive. Mi hijo tuvo suerte. Como respiraba sin dificultad, no hizo falta intubarlo, solo necesitó un poco de oxígeno durante las primeras doce horas.

Unos días después del parto, una enfermera me preguntó si había escogido un nombre.

—Quiero elegir un nombre con un significado especial, pero no me decanto por ninguno.

La enfermera reflexionó durante unos segundos.

—Mateo es un buen nombre —dijo—; significa «el gran regalo de Dios».

—Me temo que Dios no forma parte de mi círculo de amigos.

—Un regalo es un regalo, da igual de quién venga.

El cuarto de mi hijo está repleto de juguetes. Mateo está acostado bocabajo sobre la alfombra del suelo. Con una mano, empuja un cochecito de color verde. Cuando me ve, corre hacia mí con las piernas abiertas por culpa del pañal.

Me agacho para agarrarlo por debajo de los brazos.

—¿Me das un beso? —pido.

El beso de Mateo sabe a galletas de mantequilla.

Con él colgado de mí como un koala, regreso al salón para echar un vistazo a las cartas que acabo de sacar del buzón.

Un sobre grande capta mi atención. El remitente es el abogado de Salomón. Cuando Salomón quedó libre después de demostrarse que él no había asesinado a Hilaria, la primera llamada que hizo fue a su abogado para iniciar los trámites del divorcio. Querrá volver a casarse porque su abogado no hace más que meterme prisa para intentar finalizar el divorcio cuanto antes. Quiso, además, luchar por la custodia de Mateo, pero una prueba de paternidad demostró que no era el padre. Me enteré hace poco de que cerró su estudio para mudarse a otra ciudad. Como la única comunicación entre los dos es a través de nuestros abogados, no sé nada más de su nueva vida. Una cosa que sí sé es que, de no haber estado embarazada, me habría estrangulado aquel día que discutimos. Más de una vez me he preguntado si quise o no a Salomón. He llegado a la conclusión de que estaba más enamorada de cómo nos veían los demás que de él. ¿Qué hubiera sido de Brigitte Bardot sin Alain Delon?

Las otras cartas son facturas, con la excepción de un folio doblado por la mitad, sin sobre ni nada.

Con la mano libre, extiendo el folio sobre la mesa del salón para ver si tiene algo escrito.

«Mas no podía transcurrir gran rato antes de que sus ropas, pesadas con el agua que las empapaba, hundieran a la pobre desdichada desde su canto melodioso hasta su cenagosa muerte».

Estos son los versos con los que la madre de Hamlet describe la muerte de Ofelia. Están escritos con bolígrafo rojo, con una letra casi infantil que reconozco de inmediato.

—Mamá, bájame al suelo, quiero seguir jugando con mi cochecito —reclama Mateo, que golpea sin querer el jarrón con flores que adorna el centro de la mesa.

Cuando el jarrón cae, el agua empapa la mesa, incluida la nota. El texto escrito con bolígrafo rojo comienza a diluirse hasta volverse casi ilegible.

El teléfono suena de pronto.

Mientras descuelgo el teléfono, Mateo aprovecha para correr a su cuarto.

—¿Ofelia Castro?

—Sí —contesto—, ¿con quién hablo?

—Con Carlos García, asistente de producción. Querríamos que volviese para una nueva prueba. El papel para el que opta parece estar hecho a su medida.

—¿Cuándo?

—Mañana mismo, si es posible.

—Estaré ahí sin falta —confirmo mientras pienso que tengo que llamar a Mónica para pedirle que también venga mañana a cuidar de Mateo.

Cuando cuelgo, me muerdo el labio inferior. Giro la cabeza hacia la mesa del salón, hacia el folio mojado del que solo queda un borrón rojo. El mar nunca devolvió el cuerpo de Dalila. Unos buzos rastrearon el mar, un grupo de guardia civiles hasta cepilló la costa, pero sin éxito. Me enteré de que apareció un mes después, más viva que nunca; sin embargo, por aquel entonces mi única preocupación era mi hijo.

El cabo Castillo, por supuesto, vino a verme al hospital poco después de que diera a luz.

—Dalila mató a Hilaria; sé que, sin pruebas convincentes, mis palabras no valen nada, pero me cree, ¿verdad? —dije tras contarle qué ocurrió esa noche.

El guardia civil emitió un suspiro hondo que hizo temblar su enorme barriga.

—Los reyes visitarán la isla mañana.

—¿Qué quiere decir con eso?

—Quiero decir que la investigación ha quedado relegada a un segundo plano, que los de arriba no quieren que nada empañe la visita real.

Han pasado casi dos años, pero el asesinato de Hilaria sigue sin resolverse.

Sin ni siquiera secar la mesa, regreso al cuarto de Mateo. Cuántas ganas tengo de abrazar a mi hijo.

—Mamá, ¿cuánto me quieres? —pregunta Mateo nada más verme.

—Un montón —contesto de inmediato. Esta vez no miento. Mi hijo es el único a quien nunca he mentido.

—¿Cuánto de grande es un montón? ¿Es más grande que una montaña?

—Claro que es mucho más grande que una montaña.

Cojo una libreta que Mateo usa para dibujar. Cuando encuentro una hoja vacía, escribo algo con una cera de color rojo que estaba tirada entre los juguetes:

«Los líderes de los filisteos propusieron a Dalila que sedujera a Sansón para así conseguir que revelase el secreto de su tremenda fuerza. Como recompensa, recibiría mil cien monedas de plata de cada líder».

Golpeo el papel con la punta de la cera antes de escribir un segundo párrafo:

«¿Qué original ni qué copia? Olvídate de mí, la niña de Chocoflor está muerta».

Cuando termino de escribir, arranco la hoja de la libreta.

Colgaré la nota de mi buzón para que cualquiera pueda verla, incluso los que han escapado de sus tumbas.

—Mamá, cuéntame un chiste —me ruega mi hijo.

—¿Qué animal puede saltar más alto que una casa? —digo después de pensar un poco.

—¿Un conejo?

—Cualquier animal, porque las casas no saltan.

Mateo parpadea varias veces antes de echarse a reír.

37

SALOMÓN

La piscina es suficientemente larga para que tu madre nade a gusto de un extremo a otro. Hijo mío, tu madre nada bien. Cuando alcanza el extremo de la piscina, hace un giro como los nadadores profesionales. He perdido la cuenta de los largos que ha nadado. Cerca de veinte, creo. Ha recuperado el tipo. Con el bikini negro que lleva puesto, nadie diría que dio a luz hace menos de tres meses. ¿Cuántos largos más tendrá pensado nadar?

Hacía tiempo que no alquilábamos una casa de campo. Como este fin de semana estaba libre, propuse a tu madre que nos viniésemos a la sierra para huir del bochorno de la ciudad. Córdoba es un horno durante el verano. «Cariño, anímate, será una luna de miel a destiempo», dije para convencerla.

Mientras tu madre nada, giro la cabeza para asegurarme de que sigues durmiendo. Estás acostado sobre una toalla, con solo unos pañales porque hace demasiado calor. Una sombrilla protege tu cuerpo rollizo del sol.

—Báñate conmigo, que el agua está buenísima —dice de pronto tu madre, que debe de haberse cansado de nadar. Está agarrada del borde de la piscina, con el agua hasta casi la barbilla—. He pensado que podría ir a Madrid la semana que viene para recargar las pilas. Me gustaría visitar a una vieja amiga que hace tiempo que no veo. ¿Qué crees?

—Si quieres ir a Madrid, no tienes por qué pedirme permiso.

—La última vez que fui a Madrid fue poco antes de casarnos. Me acerqué al piso donde vive esta amiga porque me apetecía muchísimo charlar con ella, pero no estaba, así que solo pude dejarle una nota —cuenta tu madre con el agua chorreándole por el rostro. Hace una pausa de unos segundos, puede que para organizar sus pensamientos—. Estas últimas semanas, desde que di a luz, me he sentido como si un huracán me hubiera atrapado, como si hubiera estado dando tumbos sin control, pero creo que, por fin, el huracán comienza a remitir.

Casi me echo a reír porque no sé a quién pretende timar. Quizás piense que no oí sus palabras cuando estaba aplicándose el bronceador. «Escucha bien, no has conseguido engañarme —dijo con la boca pegada a tu oído—; sé que no eres mi hijo».

El nombre de tu madre es poco común. ¿Cómo pude pensar que casarme con una mujer llamada Dalila era una buena idea? Más de una vez me he preguntado cuál fue el destino de Dalila después de traicionar a Sansón. ¿Habrá vivido una vida lujosa con las monedas de plata que recibió?

Creo haber mencionado, hijo mío, que tu madre fue mi salvadora. Con su testimonio me sacó de la cárcel. Mintió por mí, ¿sabes?; dijo que habíamos estado juntos la noche que murió esa mujer, que éramos amantes, que no nos habíamos atrevido a decir nada porque confesar un adulterio nunca es fácil. Mintió por mí, pese a que, por ese entonces, no nos habíamos ni morreado. Me acosté con ella por primera vez poco después de que me soltaran. Como la única prueba contra mí era un collar que cualquiera sabe si pertenecía o no a la muerta, no tuvieron más remedio que liberarme. «Que sepa, nadie da duros por pesetas; ¿qué quieres de mí?», pregunté a tu madre cuando vino a verme a prisión. Había pasado casi un mes desde que me arrestaron. «Quiero casarme contigo, que me ames más que a Ofelia», me respondió. Es verdad que si no hubiera sido por ella, quizás me habrían acusado de un asesinato que no cometí, pero no puedo perdonarle que sea una mala madre.

Me acerco al borde de la piscina. El olor a cloro es opresivo.

Ha llegado el momento de poner los cojones sobre la mesa, no puedo esperar más.

Me arrodillo delante de tu madre. El borde de la piscina es rugoso, me araña la piel.

—¿Qué haces? —protesta tu madre antes de que hunda su cabeza debajo del agua. Me agarra las muñecas con las manos, pero es una lucha condenada al fracaso. Cualquier resistencia es inútil.

Miro hacia el cielo azul porque no quiero ser testigo de su pugna por sacar la cabeza del agua. Oigo cómo chapotea. Oigo sus gritos sofocados. Gotas de agua me salpican el rostro. El olor a cloro está a punto de asfixiarme.

Hijo mío, haría cualquier cosa por protegerte, incluso ir al infierno.

Las manos de tu madre resbalan hasta caer al agua. El chapoteo cesa. Mantengo su cabeza sumergida dos o tres minutos más para evitar cualquier sobresalto.

Contaré que estaba durmiendo la siesta, que no sé qué pasó. Quién sabe cómo pudo ahogarse. Me imagino que un juez dictaminará que su muerte ha sido un accidente. Un accidente sin intencionalidad, dado que el cuerpo no presenta ni golpes ni hematomas ni signos de intoxicación. Las piscinas no son para nada seguras, ocurren desgracias cada verano. Quizás sufriese un calambre o perdiese el conocimiento después de un choque térmico. Otro factor de peso es que tu madre no tiene familia, así que el caso de Catalina no volverá a darse. El hermano de Catalina no aceptó el veredicto del juez: una sobredosis accidental sin que pudiera probarse ningún elemento criminal. Mi excuñado afirmó que su hermana no tomaba ese tipo de medicamentos, hasta me acusó de haberla asesinado, de encubrir su muerte como un mero accidente. Con dos cojones, dijo que Catalina había insinuado más de una vez que me tenía miedo. ¿Miedo de mí? Es la tontería más grande que he oído. ¿Quieres saber la verdad? Hijo mío, la verdad es que nunca perdoné a Catalina que, después del aborto, estuviera más contenta que triste. Casi daba la impresión de que había abortado adrede. Habrías tenido un hermano si no fuera por su vileza. Cuando amenacé con divorciarme de ella, sufrió tal depresión que su única salida fue ponerse hasta arriba de pastillas. ¿Es acaso culpa mía que su mente fuera tan frágil? Una sobredosis accidental, no me hagas reír. Está claro que fue un suicidio, que no pudo sobreponerse al hecho de que no quisiera seguir casado con ella.

Me levanto con dificultad, como si mis articulaciones estuviesen atrofiadas.

El sol es tan brillante que la piscina con azulejos blancos parece una fotografía sobreexpuesta. El cuerpo de tu madre flota bocabajo con los brazos abiertos, como un cristo crucificado. Mejor así, que esté bocabajo, porque no sé si podría soportar ver su rostro.

Comienzas a llorar, así que me obligo a desviar la mirada.

Camino hacia el lugar donde estás para consolarte. Me muevo con rigidez porque mis rodillas siguen sin querer doblarse.

—Hijo mío, no llores más —susurro mientras acerco el chupete a tu boca—; a partir de ahora, tu madre no volverá a hacerte daño.

Gracias por leer *Mar de mentiras*.

Si quieres saber más acerca de mí, escribirme unas líneas, unirte a mi club de lectores o leer gratis algunos de mis cuentos, visita mi sitio web:

www.leticiamh.com

Si, además, disfrutaste con esta historia, te agradecería que escribieras una breve reseña. ¿Dónde? Pues donde te sea más fácil: Amazon, Goodreads, Facebook, Twitter, Instagram, etc. El boca a boca es fundamental para que otros lectores descubran este libro.

OTRAS OBRAS

AGRADECIMIENTOS

Esta novela comenzó a germinarse hace muchísimos años, cuando viajé por primera vez a Lanzarote. Uno de los lugares que visité fue el Mirador del Río, desde donde puede contemplarse la octava isla canaria: La Graciosa. Mis primeros reconocimientos van a ellos, a los graciosos, para que me perdonen los errores o deslices que, con certeza, he cometido a la hora de describir su preciosa isla.

Gracias a mis maravillosos lectores cero: Pilar Acosta, Antonio Cabrera, Elena Manjavacas y Basilio Ruiz Cobo, porque sin sus comentarios esta historia hubiera sido mucho peor.

Gracias a J. J. Fernández, estupendo escritor, por no solo leer el manuscrito con ojo crítico, sino por regalarme una de las piezas del puzle que me faltaba.

Gracias a MiblArt por diseñar una portada soberbia.

Gracias a Raquel Ramos por seguir siendo la mejor correctora. Con esta, van cinco novelas.

Gracias a Ignacio Aldecoa por escribir *Parte de una historia*, una novela que, con una bellísima prosa, plasma la dura vida de los graciosos durante los años sesenta.

Gracias a mis padres y a mi hermano, porque sin ellos nada de esto sería posible.

Gracias a Carlos, mi marido, por su compañía infatigable durante más de veinticinco años.

Gracias, por supuesto, a mis lectores, porque son ellos los que me proporcionan la motivación para seguir escribiendo.